D1725944

DIE SCHILDBÜRGER

von

Georg Paysen Petersen nach alten Urkunden
erzählt und neu überarbeitet

Loewes Verlag Bayreuth

ISBN 3 7855 1524 3 — 4. Auflage 1976
© 1964 by Loewes Verlag, Bayreuth
Einband, Illustrationen und 8 Farbtafeln: Ulrik Schramm
Druck: Brönner & Daentler KG, Eichstätt
Farbtafeln: Offsetdruckerei Eichhorn, Ludwigsburg
Printed in Germany

INHALT

ÄLTESTE NACHRICHTEN ÜBER DIE SCHILDBÜRGER

Vor vielen hundert Jahren lag weit hinter dem Schlaraffenland das Städtchen Schilda, von dessen Einwohnerschaft ein Sprichwort mit Fug und Recht sagt:

»Wie die Alten geartet sind, so ist gemeinlich auch das Kind.« Denn die Schildbürger traten, alter Sitte und Gewohnheit gemäß, stets in die Fußstapfen ihrer Voreltern und verharrten darin jahrhundertelang. Endlich zwangen die Not, die kein Gebot kennt, und die Liebe zu ihrer Vaterstadt die Schildbürger, die seit alters gewohnten Wege zu verlassen und neue, beschwerliche einzuschlagen, wovon im Verlauf dieser Erzählung berichtet werden soll.

Der erste Schildbürger war ein hochweiser und verständiger Mann. Es ist daher wohl zu begreifen, daß er seine Kinder nicht wie die unvernünftigen Tiere aufwachsen und umherlaufen ließ. Er unterwies sie als ein getreuer Lehrer. Sie wurden mit allen Tugenden vertraut gemacht, so daß sie in der ganzen weiten Welt niemand übertraf oder auch nur mit ihnen zu vergleichen war.

Zu jener Zeit waren die weisen Leute nämlich noch sehr selten, und es geschah nicht oft, daß sich einer vor seinen Mitbürgern durch Verstand hervortat. Kluge

Leute waren damals gar nicht so ungewöhnlich, wie sie heutzutage unter uns sind, wo ein jeder Narr für weise gehalten werden will. Deswegen verbreitete sich der Ruhm von dem scharfen Verstand der Schildbürger und von ihrer seltenen und beinahe unheimlichen Weisheit über alle Lande und ward Fürsten und Herren bekannt; denn ein herrliches Licht läßt sich nicht leicht verbergen, sondern leuchtet allzeit hervor und wirft seine Strahlen weithin.

So kam es oft, daß aus ferngelegenen Orten von Kaisern und Königen, Fürsten und Herren Botschaften an die Schildbürger gesandt wurden, die sich in zweifelhaften Dingen Rat holen wollten. Der war bei ihnen immer im Überfluß zu finden, da sie bis über Nase und Ohren in Weisheit steckten. Auch zeigte sich stets, daß die Ratschläge der Schildbürger nicht ohne Nutzen blieben, wenn man sie nur gewissenhaft befolgte und redlich danach lebte. Dadurch schufen sich die Schildbürger allmählich in der ganzen Welt einen Namen und wurden mit Silber, Gold, Edelsteinen und anderen Kleinodien reich beschenkt, weil Geistesgaben damals viel höher geschätzt wurden als in unserer Zeit.

Endlich kam es gar so weit, daß Fürsten und Herren, die ihrer keineswegs entbehren konnten, es viel zu weitläufig und umständlich fanden, ihnen Botschaften zu schicken. Jeder wünschte, einen der Schildbürger bei sich am Hofe und an seiner Tafel zu haben, damit er sich seiner täglich bei allen Vorkommnissen bedienen und aus seinen Reden, wie aus einem unerschöpflichen Brunnen des frischesten Wassers, Weisheit schöpfen und lernen könnte.

Darin handelten die Fürsten sehr klug; denn was ist für einen Herrscher eine größere Zier und Ehre als Weis-

heit, das herrlichste Gut, dessen der Mensch im Leben teilhaft werden kann? Die Gesellschaft der Weisen ist jedermann von Nutzen, den Fürsten aber um so mehr, je höher sie gestellt sind.

Es wurde nun täglich aus der Zahl der Schildbürger bald dieser, bald jener in entlegene Länder geschickt. Bald kam es dahin, daß fast keiner mehr in der Heimat blieb, sondern alle von Hause abwesend waren.

Darum sahen sich die Frauen der Schildbürger genötigt, daheim die Stelle ihrer Männer zu vertreten und alles zu versehen, das Vieh, den Feldbau und was sonst einem Manne zusteht.

Die Felder wurden mangelhaft bebaut. Darum fingen das Korn und die Früchte an abzunehmen. Das Vieh wurde mager, verwildert und unnütz. Alle Werkzeuge und Geschirre wurden schadhaft, nichts wurde ausgebessert und zurechtgemacht, und — was das Ärgste war — Kinder, Knechte und Mägde wurden ungehorsam und wollten nichts Rechtes mehr leisten. Sie redeten sich ein, weil ihre Meister und Herren nicht daheim seien und man doch Meister brauche, so stände es wohl ihnen selbst zu, das Regiment zu führen. Das wollten nun aber die Frauen, als die Stellvertreter ihrer Männer, nicht zulassen. So gab es täglich Zank und Streit.

Kurzum, die braven Schildbürger waren jedermann mit ihrer Weisheit zu dienen beflissen und trachteten in der Welt zu verbessern, was irgendwie verkehrt war — nicht um Goldes willen und aus Habsucht, sondern der allgemeinen Wohlfahrt wegen. Dadurch hatten sie aber selbst argen Schaden, und es ging ihnen gerade wie dem, der zwei Leute scheiden will, die sich prügeln: zuletzt ist er es, der alle Schläge davonträgt.

Zu Schilda mußte die ganze weibliche Gemeinde indessen die Herrschaft führen und der Männer Amt verwalten. Weil aber das Weib nicht ohne den Mann und dieser nicht ohne jenes bestehen kann, traten die Schildbürgerinnen zusammen, um das Beste zu erwägen und dem drohenden Verderben zu steuern.

Nach langem Bedenken und Gerede wurden die Frauen endlich einig, daß sie ihre Männer wieder zurückfordern und heimrufen wollten. Um dieses Werk zu vollbringen, ließen sie einen Brief aufsetzen und durch eigene Boten nach allen Orten und Plätzen abschicken, wo ihre Männer sich aufhielten.

Der Brief lautete folgendermaßen:

»Wir, die ganze weibliche Gemeinde zu Schilda, entbieten Euch, unsern getreuen, herzliebsten Ehemännern, samt und sonders unseren Gruß und geben Euch zu wissen: Gott sei Dank ist unser ganzer Stand mit Weisheit und Verstand so hoch begabt und vor anderen gesegnet, daß auch fremde Fürsten und Herren solche zu hören und daraus in ihren Geschäften Nutzen zu ziehen trachten. Deswegen haben sie Euch alle von Haus und Hof, von Weib und Kindern zu sich gerufen und so lange Zeit bei sich behalten, daß zu befürchten ist, sie möchten Euch mit Gaben und Verheißungen ganz und gar an sich fesseln, so daß wir darum in großen Sorgen sind. Uns zu Hause ist dadurch weder geraten noch geholfen. Das Feld verdirbt, das Vieh verwildert, das Gesinde wird ungehorsam, und die Kinder, die wir armen Mütter gemeiniglich mehr lieben als gut ist, geraten in Mutwillen. Über das andere Unwesen wollen wir schweigen. In Anbetracht dieser Ursachen können wir nicht unterlassen, Euch hiermit an Amt und Beruf zu erinnern und zur Heimkehr aufzufordern.

Bedenket, welch lange Zeit wir von Euch verlassen

gewesen sind! Denket an die Kinder, Euer Fleisch und Blut, die nun schon zu fragen anfangen, wo ihre Väter seien. Welchen Dank, meinet Ihr, werden sie Euch sagen, wenn sie erwachsen sind und von uns vernehmen, daß sie ohne Trost und Hilfe von Euch verlassen und dem Untergange preisgegeben worden sind?

Und vermeint Ihr, der Fürsten und Herren Gunst gegen Euch werde allezeit beständig sein? Die alten Hunde, wenn sie sich mit Jagen abgearbeitet haben und ausgedient sind, so daß sie mit ihren stumpfen Zähnen die Hasen nicht mehr packen können, pflegt der Jäger an dem nächsten besten Baum zu henken und belohnt solcherweise ihre treuen Dienste.

Wie viel löblicher und nützlicher wäre es daher, wenn Ihr daheim Eure eigenen Sachen verwalten, in Freiheit, in Ruhe und Frieden leben würdet und Euch mit Weib und Kind, mit Freunden und Verwandten der Früchte Eurer Arbeit und Eures Fleißes erfreuen wolltet. Auch könntet Ihr künftig weiterhin fremden Leuten dienen und dennoch in der Heimat bleiben. Wer Euer bedarf, der wird Euch wohl suchen und finden, oder es tut ihm nicht sonderlich not.

Solches alles, liebe Männer, werdet Ihr viel besser erwägen, als wir es schreiben können. Deswegen hoffen wir, daß Ihr Euch unverzüglich aufmachen und heimkehren werdet, wenn Ihr nicht bald fremde Vögel in Eurem eigenen Nest sehen wollt und wenn Ihr nicht hören wollt, daß sie zu Euch sagen: Vor der Tür ist draußen! Darum seid vor Schaden gewarnt. Beschlossen und abgefertigt zu Schilda mit Eurem eigenen Siegel, das Euer wartet.«

Sobald dieser Brief den Männern ausgehändigt worden war und sie seinen Inhalt gelesen, erwogen und als wahr erkannt hatten, wurde ihr Herz gerührt, und sie fanden es höchst notwendig, sogleich heimzukehren. Sie nahmen daher von ihren Herren Urlaub, der ihnen, wenn auch ungern, in Gnaden erteilt wurde. Doch mußten sie versprechen, wenn man ferner ihrer Weisheit bedürfe, damit zu Dienst sein zu wollen.

Also kamen die Schildbürger, nachdem sie lange genug auswärts gewesen waren, wieder heim, reichlich bedacht mit Geld und Gut, das ihnen von Fürsten und Herren für ihre treuen Dienste geschenkt worden war. Sie fanden aber bei ihrer Heimkunft eine solche Verwirrung und Unordnung in allen Sachen vor, daß sie sich nicht genug wundern konnten, wie sich in der Zeit ihrer Abwesenheit so vieles hatte verändern können, so weise sie waren. Aber freilich, Rom, das in so vielen Jahren mit Mühe gebaut worden ist, kann wohl in wenigen Tagen zerstört werden!

Die Frauen waren über die Heimkehr ihrer Männer sehr froh. Doch empfing nicht jede ihren Mann mit gleicher Herzlichkeit. Die einen begrüßten ihre Männer ganz freundlich und liebevoll, wie eine ehrliche Frau es tun soll in Anbetracht der Tugenden, mit denen das weibliche Geschlecht besonders geziert ist. Andere aber fuhren die ihrigen mit rauhen oder spitzen Worten an und hießen sie mit Vorwürfen willkommen, wie solches denn auch leider in unseren Tagen viele Frauen tun mögen, obschon es ihnen keinerlei Vorteil bringt, sondern ihre Männer dadurch nur unwillig macht und zum Zorn reizt.

Dann wurde zu Schilda ein allgemeines Freudenfest veranstaltet, zu dem alle Männer und Frauen kamen. Die Männer mußten von ihren Frauen, die sich klug und weise dünkten, mancherlei Ermahnungen hören: sie möchten mit Fleiß und Eifer wieder gutmachen, was sie daheim versäumt hätten, und fernerhin die Hofarbeit wie früher übernehmen.

Das alles versprachen ihnen die Männer getreu und redlich zu tun. Sie traten alsbald zusammen, um einen Rat zu fassen, was geschehen müsse, damit sie künftig von ausländischen Herren nicht mehr wie bisher geplagt und abgerufen würden. Weil es aber schon spät am Abend und die Sache wichtig war, ließen sie es für heute bei einer guten Mahlzeit bewenden. Bei dieser ergötzten sie sich mit weisen Reden, die süßer als Honig und köstlicher als Gold und Silber waren, aber auch mit Speise und Trank. Dann ging jeder nach Haus, und wer nicht länger wachen wollte, legte sich zu Bett.

Um Rat zu halten, begaben sich am folgenden Tag die Schildbürger auf den Marktplatz ihrer Stadt unter die alte Linde. Denn dort pflegten sie sich von altersher zu versammeln, solange es Sommer war. Während des Winters war dagegen das Wirtshaus ihr Versammlungsort, auch der Richterstuhl stand dort hinter dem Ofen. Zuerst erwogen sie den großen Schaden, der ihnen erwachsen war. Als sie ihn mit dem Nutzen verglichen, der ihnen aus dem Dienste bei den fremden Herren erwuchs, fanden sie, daß der Schaden den Nutzen weit überwog. Es wurde daher eine Umfrage gehalten, wie doch zu helfen wäre. Da hätte einer die weisen und hochverständigen Ratschläge hören sollen, die sogar vernünftig vorgebracht wurden! Einige meinten, man solle sich der auswärtigen Herren gar nicht mehr annehmen. Andere sagten, man solle sie zwar nicht ganz links liegen lassen, ihnen aber so laue oder kalte Ratschläge geben, daß sie von selbst Abstand nehmen und die Schildbürger in Zukunft in Ruhe lassen würden. Zuletzt trat ein alter Schildbürger auf und brachte seine Bedenken folgendermaßen vor: Ihre eigene Weisheit und ihr großer Verstand sei die Ursache ihres Unglücks. Um ihrer willen seien sie vom Hause abberufen und da und dorthin gefordert worden. Darum dünke es ihn das beste zu sein, wenn sie sich durch Torheit und Aberwitz vor künftiger Zudringlichkeit schützten. Wie man sie früher ihrer Klugheit wegen in fremde Länder berufen habe, so würde man sie dann hinfort ihrer Dummheit wegen zu Hause lassen.

Deswegen sei er der Meinung, daß sie alle einhellig, niemand ausgeschlossen, Weiber und Kinder, Junge und Alte, die abenteuerlichsten Sachen anfangen sollten, die nur zu ersinnen wären. Was jedem Närrisches in den Sinn käme, das sollte er treiben. Dazu brauche man aber gerade die Weisesten und Geschicktesten; denn es sei keine geringe Kunst, Narrenamt recht zu betreiben. Wenn nämlich einer die rechten Griffe nicht wisse und es ihm so mißlinge, daß er gar zum Toren werde, der bleibe sein Leben lang ein Narr; wie der Gauch oder Kuckuck seinen Gesang, die Glocke ihren Klang, der Krebs seinen Gang behalte.

Dieser verständige Rat wurde von allen Schildbürgern mit vielem Fleiß und mit dem feierlichsten Ernst erwogen. Weil die Sache gar so schwierig und wichtig war, wurde noch manche Umfrage darüber gehalten. Am Ende beschlossen sie, daß eben jene Meinung aufs genaueste aufzusetzen und dann ins Werk zu richten sei.

Nach diesem Beschluß ging die Bürgerschaft auseinander mit der Vereinbarung, daß sich jeder besinnen solle, bei welchem Zipfel die neue Narrenkappe anzufassen wäre. Freilich hatte gar mancher ein heimliches Bedauern, daß er jetzt in seinen alten Tagen ein Narr werden sollte, nachdem er so viele Jahre voll Weisheit gewesen. Die Narren selbst können es ja am wenigsten vertragen, daß ihnen ihre Torheit, vor der es ihnen ekelt, durch einen Narren vorgeworfen wird.

Aus Liebe zu seiner Vaterstadt und um des Nutzens willen, den die Stadt davon hätte, wäre jeder Schildbürger mit Lust bereit gewesen, selbst sein Leben zu opfern. So zeigten sie sich denn allzumal willig, ihre Weisheit abzulegen. Damit hat in unserer Geschichte die Weisheit der Schildbürger ein Ende.

WIE DIE SCHILDBÜRGER
EIN RATHAUS BAUTEN

Da die Schildbürger nun forthin ein anderes Regiment, anderes Wesen und Leben anzunehmen und zu leben entschlossen waren, sollte zu einem recht glücklichen Anfang zuerst ein neues Rathaus auf gemeinschaftliche Kosten erbaut werden. Sie wollten ein Rathaus haben, das auch Raum für ihre Narrheit hätte und sie wohl ertragen und leiden könne. Sie hatten ihre Weisheit noch nicht ganz abgelegt und wollten auch nicht mit ihrer Narrheit auf einmal hervorbrechen, weil dadurch leicht verraten worden wäre, daß ihre Torheit nur vorgetäuscht sei. So beschlossen sie, fein gemächlich ans Werk zu gehen. Doch schien ihnen der Bau eines Rathauses immerhin das Dringlichste zu sein.

Wie nun alles verabredet war, was zu einem so wichtigen Werk notwendig war, fand es sich, daß nichts mehr fehlte als ein Pfeifer oder Geiger. Der hätte mit seiner lieblichen Musik, wie dereinst der Rattenfänger von Hameln die Ratten und Mäuse, so Holz und Steine locken sollen, daß sie von selbst herbeigelaufen wären und sich in feiner Ordnung zu diesem Bau aufeinandergelegt und ineinandergefügt hätten. Ein solcher Spielmann meldete sich aber nicht, obwohl die Schildbürger deswegen einen Aufruf ergehen ließen. Ihre eigenen musikalischen Versuche mißrieten völlig und waren ergebnislos. So entschlossen sie sich endlich notgedrungen, das Werk gemeinschaftlich anzugreifen, jeder dem anderen zu helfen und nicht eher aufzuhören, bis der Bau aufgeführt und vollendet wäre.

Offenbar waren die Schildbürger, deren Weisheit nur allmählich wie ein Licht ausgehen sollte, noch viel zu weitsichtig, da sie wußten, daß man zuvor Bauholz und andere Sachen haben müsse, ehe man mit Bauen anfangen könne. Rechte Narren würden wohl ganz ohne Holz, Stein, Kalk und Sand zu bauen angefangen haben.

Die Schildbürger aber zogen samt und sonders einmütig miteinander ins Holz, das jenseits des Berges in einem Tale gelegen war. Dort fingen sie an, nach dem Rate ihres Baumeisters, sich die besten Bäume auszulesen und das Bauholz zu fällen.

Als es dann von den Ästen gesäubert und nach Angabe ihres Baumeisters, der auch ein Bürger von Schilda und darum ebenso klug wie die anderen, ordentlich zugerichtet war, da wünschten sie sich eine Armbrust herbei, auf der sie die Balken heimschießen könnten.

Durch solches Mittel meinten sie, würden sie unsäglicher Mühe und Arbeit enthoben sein.

So aber mußten sie die Arbeit selbst verrichten und schleppten die Bauhölzer nicht ohne viel Schnaufen und Ruhepausen den Berg hinauf und jenseits wieder mit vieler Mühe und unter Schweißvergießen hinab. Das taten sie geduldig und unverdrossen der Reihe nach mit allen Bauhölzern bis auf eines, das nach ihrer Meinung das letzte war. An dieses banden sie gleich den anderen auch Stricke und brachten es mit Heben, Schieben und Stoßen den Berg hinauf und auf der anderen Seite zur Hälfte hinab. Sei es nun, daß sie etwas übersehen hatten oder daß die Stricke und Seile mürbe geworden waren, das Holz entwischte ihnen und fing an, von selbst fein allgemach den Berg hinabzurollen. Anfangs rollte es langsam, dann aber immer schneller und in immer tolleren Sprüngen, bis es zuletzt bei den anderen Hölzern ankam und dort liegen blieb.

Solchem Treiben dieses groben und ungehobelten Holzes sahen die Schildbürger mit offenen Mäulern zu und verwunderten sich höchlich über den Verstand des Holzes.

»Sind wir doch alle«, sprach einer unter ihnen, »rechte Narren, daß wir uns solche Mühe geben, bis wir die Bäume den Berg hinabgebracht haben, und erst dieser Klotz mußte uns lehren, daß sie von selbst besser hätten hinunterrollen können, was obendrein noch sehr vergnüglich anzusehen gewesen wäre.«

»Nun, da kann geholfen werden«, sagte ein anderer, »wer sie hinabgebracht hat, der trage sie geschwind wieder hinauf! Darum, wer mit mir an der Reihe ist, der spute sich! Haben wir erst die Hölzer wieder hinaufgeschoben, dann können wir sie alle miteinander wieder hinunterrollen lassen und uns an ihren lustigen Sprüngen freuen. So werden wir dann auch noch für unsere Mühe ergötzt.«

Dieser Rat gefiel allen Schildbürgern über die Maßen. Sie schämten sich einer vor dem anderen, daß sie nicht selbst so witzig gewesen waren. Hatten sie zuvor, als sie das Holz den Berg hinabgebracht, unsägliche Mühe gehabt, so hatten sie jetzt gewiß dreifache Arbeit, bis sie es wieder hinaufbrachten. Nur das eine Holz, das von selbst die Hälfte des Berges hinabgerollt war, zogen sie, um seiner Klugheit willen, nicht wieder hinauf.

Nachdem sie sich also mit Heben, Schieben, Stoßen, Rollen, Walzen, Schleifen, Tragen, Rutschen, Ziehen, Zerren, Kehren, Stemmen, Winden und Wenden überschafft hatten und dann eine tüchtige Weile verschnaufen mußten, konnte nun auch das Vergnügen beginnen. Sie ließen die Hölzer allmählich, eins nach dem anderen, den Berg hinabrollen, standen oben auf dem Berg, jauchzten und klatschten vor Lust in die Hände. Ja, sie waren ganz stolz auf diese erste Probe ihrer Narrheit, zogen fröhlich heim und setzten sich ins Wirtshaus, wo sie kein kleines Loch in den Beutel der Stadt durch die Zeche machten.

Da nun das Bauholz gefügt und gezimmert, Steine, Sand und Kalk herbeigeschafft worden waren und mit dem Bau des Rathauses begonnen werden sollte, zeigte es sich, daß die Schildbürger den Baugrund auszuheben vergessen hatten. Da liefen sie alle heim, holten Spaten und Schaufeln, Hacken und Karste und alles, was sie an dergleichen Werkzeugen besaßen. Dann gruben und schaufelten sie, bis endlich nach aller Meinung das Loch tief genug geworden war.

Aber nun lag neben der Grube ein großer Haufen ausgehobener Erde, von dem der Baumeister meinte, daß er ihnen bei Aufrichtung des Rathauses sehr hinderlich im Wege sein würde.

»Der muß hinweg, ihr Bürger, der muß hinweg!« sagte er und wußte doch selbst keinen Rat, wohin damit. Nach langem Her- und Hinreden verfiel endlich ein Schlauberger auf einen klugen Gedanken.

»Wir graben für die überflüssige Erde ein neues Loch und schaffen sie dort hinein«, sagte er.

Das geschah; aber alsbald war zu der braven Schildbürger großem Erstaunen ein neuer Erdhaufen zur Stelle, für den sie nun wieder ein neues Loch graben mußten. Das wiederholte sich so lange, bis endlich der neuentstandene Hügel allmählich so weit von der Baustelle abrückte, daß er nun nicht mehr »hinderlich im Wege« lag.

Jetzt fingen die Schildbürger einmütig ihren Bau mit solchem Eifer an, daß jeder, der ihnen zusah, gestehen mußte, es sei ihnen bitterer Ernst. In wenigen Tagen hatten sie die drei Grundmauern aufgeführt, denn weil sie etwas Besonderes haben wollten, sollte das Haus dreieckig werden. Auch aller Einbau ward wohl vollendet, doch ließen sie an einer Seite ein großes Tor in der Mauer offen, um das Heu, das der Gemeinde zuständig war und dessen Erlös sie miteinander vertrinken durften, hineinzubringen. Dieses Tor kam dann auch — woran sie freilich nicht gedacht hatten — ihrem Herrn Bürgermeister wohl zustatten. Sonst hätte dieser samt den Rats- und Gerichtsherren, wenn sie in den Rat gehen wollten, über das Dach hineinsteigen müssen. Das wäre zwar ihrer Narrheit ganz angemessen, aber doch allzu unbequem und überdies halsbrechend gewesen.

Hierauf machten sich die Schildbürger an das Dach. Dieses wurde nach den drei Ecken des Baues dreifach abgeteilt. Der Dachstuhl wurde nun auf die Mauer gesetzt, und auf diese Weise das ganze Werk nach ihrer Meinung bis auf den Giebel untadelig ausgeführt. Das Dach zu decken verschoben sie auf den folgenden Tag und eilten dem Hause zu, wo der Wirt den Reif aufgesteckt hatte und einen guten Trunk schenkte.

Am anderen Morgen wurde mit der Glocke das Zeichen gegeben. Vorher durfte bei Strafe niemand arbeiten. Da strömten alle Schildbürger zusammen, stiegen auf den Dachstuhl und fingen an, ihr Rathaus zu decken. So standen sie untereinander, die einen zuoberst bis herunter zum Dachrand auf den Querlatten. Etliche standen auf der Leiter, immer der eine über dem anderen, und wieder andere auf der Erde, zunächst der Leiter, und so fort bis zu dem Ziegelhaufen, der einen guten Steinwurf vom Rathause entfernt lag. Auf diese Weise ging jeder Dachziegel durch aller Schildbürger Hände, vom ersten, der ihn aufhob, bis zum letzten, der ihn an den richtigen Platz legte.

Wie man aber von willigen Rossen nicht zuviel verlangen durfte, so hatten sie die Anordnung getroffen, daß zu einer gewissen Stunde zum Zeichen des Ausruhens die Glocke geläutet würde. Sobald nun derjenige, der zunächst am Ziegelhaufen stand, den ersten Glockenschlag hörte, ließ er den Ziegel fallen, den er gerade in die Hand genommen hatte, und lief spornstreichs nach dem Wirtshause hin. Ebenso machten es alle anderen, so daß sie hintereinander in einer langen Reihe, wie die Schneegänse fliegen, nach dem Wirtshause liefen, was sehr lustig anzusehen war.

Die Zimmerleute machten es auch nicht anders. Sowie einer von ihnen den ersten Glockenton hörte, ließ er die Axt, die er schon zum Schlage aufgehoben hatte, fallen

20

und lief der Mahlzeit zu, läufst du nicht — so gewinnst du nicht! Das paßte nun alles vortrefflich zur Narrheit der Schildbürger. Denn so kam es, daß die, die zuletzt zur Arbeit gekommen waren, die ersten im Wirtshaus wurden und oben am Tische saßen. Sie waren aber auf solche Weise auch wieder die letzten, wenn es zurück an die Arbeit ging. Weil sie zuoberst am Tische saßen, konnten sie ja nicht hervor, bis die unten Sitzenden fort waren.

Endlich, nach vollendetem Werk, wollten die Schildbürger in ihr neues Rathaus gehen. Sie wollten es zu aller Narren Ehre einweihen und in aller Narren Namen versuchen, wie es sich darin raten lasse. Kaum aber waren sie in Ehrbarkeit hineingetreten — siehe, da war es ganz finster darin. Es war so finster, daß einer den anderen kaum hören, geschweige denn sehen konnte, wie sie selbst feststellten. Darüber erschraken sie nicht wenig und konnten sich nicht genugsam verwundern, was die Ursache sein könnte. Ob vielleicht irgendwo ein Fehler beim Bauen gemacht worden sei, wodurch das Licht aufgehalten würde, fragte einer den andern. Denn wenn sie draußen vor dem Rathaus standen, stellte es sich heraus, daß dort Licht in Menge war. Nur im Rathaus sahen sie nichts als Finsternis. So gingen sie denn kopfschüttelnd zu ihrem Heutor aus und ein und suchten den Mangel bald draußen, bald drinnen. Sie konnten ihn aber draußen nicht finden, obwohl drei Mauern gar vollkommen dastanden und das Dach ordentlich darauf saß, und innen noch viel weniger, weil es dort an Licht fehlte. Die wahre Ursache, daß sie in ihrem Rathaus die Fenster vergessen hatten, konnten sie weder entdecken noch erraten, wie sehr sie sich auch ihre närrischen Köpfe darüber zerbrachen. Es blieb ihnen also in ihrer Sorge nichts übrig, als zur Förderung der Sache einen allgemeinen Ratstag anzusetzen.

Als der festgesetzte Ratstag kam, stellten sich die Schildbürger zahlreich ein. Es galt der ganzen Bürgerschaft. Alle nahmen ihre Plätze ein. Jeder von ihnen hatte einen brennenden Lichtspan mitgebracht und steckte ihn, nachdem er sich niedergesetzt hatte, auf seinen Hut, damit sie in dem finsteren Rathaussaal einander sehen konnten. So war auch der Herr Bürgermeister bei der Umfrage imstande, jedem den gehörigen Titel und Namen zu geben.

Über die Beseitigung der festgestellten Finsternis mußten die Bürger die widersprechendsten Meinungen hören. Die Meinung der Mehrheit schien sich dahin zu neigen, daß man den Bau wieder bis auf den Grund abbrechen und aufs neue aufführen solle.

Da trat einer der Ratsherren hervor, der früher unter allen der Allerweiseste gewesen war und daher meinte, sich jetzt als der Allertörichste zeigen zu müssen, und sprach:

»Erleuchtete Mitbürger von Schilda! Zur Zeit, da wir noch in unserer Weisheit in den Tag hineinlebten, habe ich vielfältig vernommen, daß man durch Beispiele und Exempel viele Dinge klarmachen könne. Wollet daher gestatten, daß ich euch eine gar schöne alte Geschichte erzähle. Meine Großmutter hatte einen Großvater und dessen Bruder einen Sohn. Der hörte eines Tages jemand sagen, daß Rebhühner ein gar köstliches Gericht wären.

,Hast du denn schon welche gegessen, weil du es so gut weißt?' fragte ihn darauf meiner Großmutter Großvaters Bruders Sohn.

,Nein', sagte der andere, ,aber mir hat es vor fünfzig Jahren einer gesagt, dessen Großmutters Großvater sie

22

in seiner Jugend von einem Edelmanne hatte essen sehen.'

Über dieser Rede bekam meiner Großmutter Großvaters Bruders Sohn ein Gelüste, daß er gern etwas Gutes essen möchte, und sagte deswegen zu seinem Weibe, sie solle ihm Küchlein backen, denn Rebhühner könne er doch nicht haben. Sie aber, die besser wußte als er, wieviel Butter noch im Hafen war, entschuldigte sich. Sie könne ihm diesmal keine Küchlein backen, sagte sie, weil ihr die Butter und das Schmalz ausgegangen seien. Sie bat ihn deshalb, er möge sich bis auf eine andere Zeit mit den Küchlein gedulden. Damit aber hatte meiner Großmutter Großvaters Bruders Sohn keine Küchlein gegessen und sein Gelüste nicht gestillt. Er wollte sich mit einem so trockenen Bescheid ohne Salz und Schmalz nicht abweisen lassen und bestand darauf, die Frau solle ihm Küchlein backen. Hätte sie nicht Butter oder Schmalz, so solle sie es mit Wasser versuchen.

,Es gehe nicht mit Wasser', sagte die Frau, ,sonst wäre sie selbst nicht so lange ohne Küchlein geblieben.'

Er aber sprach: ,Du weißt es nicht, weil du es noch niemals probiert hast. Versuch es einmal, und erst, wenn es nicht geraten will, kannst du sagen, es gehe nicht.'

Wollte die Frau Ruhe und Frieden haben, so mußte sie dem Manne den Gefallen tun. Sie rührte also einen Kuchenteig an, ganz dünn, als wolle sie Stäubchen backen, setzte eine Pfanne mit Wasser über das Feuer und goß den Teig hinein. Der Teig aber wollte nicht zusammenbacken, sondern zerfloß im Wasser, so daß ein dünner Brei, aber keine Küchlein zustande kamen. Meiner Großmutter Großvaters Bruders Sohn aber stand dabei. Er hielt den Teller hin und wollte die erstgebackenen Küchlein essen, so warm sie aus der Pfanne kamen. Nun sah

er sich aber betrogen. Darüber war nun wieder die Frau
zornig geworden, die Arbeit, Holz und Mehl vertan
hatte.

Sie verwünschte das Kuchenbacken mit Wasser und
sprach: ‚Habe ich dir nicht zuvor gesagt, daß es nicht
gehe? Immer willst du recht haben und verstehst doch
keinen Deut davon, wie man Kuchen backen muß.'

‚Frau', sprach meiner Großmutter Großvaters Bruders
Sohn, ‚laß es dich nicht gereuen, daß du es ausprobiert
hast. Man versucht ein Ding auf vielerlei Weise, bis es
zuletzt doch gelingt. Ist es diesmal nicht geraten, so
glückt es ein andermal. Es wäre ja doch eine feine nütz-
liche Kunst gewesen, wenn es von ungefähr geglückt
wäre. Ich meine ja wohl, dann hätte ich alle Tage Küchlein essen können!'

»Um nun«, so schloß der Redner, »diese Geschichte auf
unser Vorhaben zu beziehen: Wer weiß, ob sich das Licht
oder der Tag nicht in einen Sack stecken und forttragen
läßt, wie das Wasser in einem Eimer getragen wird? Von
uns hat es keiner jemals versucht. Darum, wenn es euch
recht ist, so wollen wir dran gehen. Gelingt es, dann haben wir es geschafft und werden als Erfinder dieser
Kunst großes Lob dafür erhalten. Geht es aber nicht, so
ist es doch der Narrheit halber zu unserem Vorhaben
ganz willkommen und dienlich!«

Dieser Rat gefiel allen Schildbürgern dermaßen, daß
sie beschlossen, ihn in aller Eile durchzuführen. Deswegen kamen sie nach Mittag, weil da die Sonne am höchsten stand, alle vor das neue Rathaus. Ein jeder mußte
sein Geschirr mitbringen, in das er den Tag zu fassen
gedachte, um ihn hineinzutragen. Einige brachten auch
Schaufeln, Karste oder Heugabeln mit, aus Fürsorge, daß
ja nichts versäumt werde.

24

Sobald nun die Glocke eins geschlagen hatte, konnte man Wunder sehen, wie sie zu arbeiten anfingen. Viele hatten lange Säcke, darein ließen sie die Sonne scheinen bis auf den Boden. Dann knüpften sie den Sack eilends zu und rannten damit ins Rathaus, den Tag auszuschütten. Ja, sie beredeten sich selbst, sie trügen an den Säcken jetzt viel schwerer als zuvor, da sie leer gewesen waren. Andere taten dasselbe mit verdeckten Gefäßen, mit Hafen, Kesseln, Zubern, Eimern und was sie dergleichen zu Hause fanden. Einer lud den Tag mit einer Strohgabel in einen Korb, der andere mit einer Schaufel, etliche hoben Fensterflügel aus, in denen sich die Sonne spiegelte, trugen sie ins Haus und waren überzeugt, damit die Finsternis am besten zu bekämpfen. Eines Schildbürgers soll besonders gedacht werden, der den Tag mit einer Mausefalle zu fangen gedachte und ihn so, mit List bezwungen, ins Haus tragen wollte. Jeder verhielt sich, wie es sein Narrenkopf ihm eingab. Und solches trieben sie den lieben langen Tag, bis die Sonne unterging, mit solchem Eifer, daß sie vor Hitze und Müdigkeit fast erlagen. Sie richteten aber so wenig damit aus, als vor Zeiten die Riesen, die Berge aufeinandertürmten, um den Himmel zu erstürmen.

Darum sprachen sie zuletzt: »Nun, es wäre doch eine feine Kunst gewesen, wenn es geglückt wäre!«

Und darauf zogen sie ab und hatten doch soviel gewonnen, daß sie auf allgemeine Kosten zum Wein gehen und sich wieder erquicken und laben durften.

WIE TILL EULENSPIEGEL
NACH SCHILDA KAM

Just an dem schönen Sommertag, an dem die Schildbürger bemüht waren, Licht in ihr Rathaus zu tragen,
kam von ungefähr ein fremder Wanderer in ihre Stadt,
wie ihnen keiner willkommener hätte sein können. Es
war Till Eulenspiegel, der freilich auch damals schon ein
Spaßvogel war, aber doch noch nicht der weltberühmte
Schalk, den jedermann heute kennt. Als Meister Till kurz
nach Mittag in Schilda eintraf und gemächlich durch die
Straßen ging, wunderte er sich, daß sie leer und verödet
dalagen, gerade als ob die Stadt ausgestorben sei. Als
er aber auf den Markt kam, herrschte dort das regste
Leben. Die Schildbürger waren gerade im besten Zuge,
das Sonnenlicht aufzufangen und in Säcke zu füllen. Till
stand lange Zeit still dabei und sah dem Treiben mit offenem Mund zu. Er zerbrach sich vergeblich den Kopf,
was das geschäftige Her- und Hinlaufen zu bedeuten
habe. Die wackeren Schildbürger ließen sich durch die
Gegenwart des Fremdlings in ihrer Tätigkeit nicht im
geringsten stören. Ja, es ist anzunehmen, daß sie den
Zuschauer gar nicht einmal bemerkten, so emsig waren
sie bei der Arbeit. Till wagte daher nicht, einen aufzu-
halten und auszufragen. Er ließ sie ihre mühevolle Arbeit

im Sonnenschein weiter verrichten, schüttelte den Kopf, als er sah, wie der Schweiß ihnen von den Stirnen troff und ging dann in die Herberge.

Wie es nun Abend geworden war, stellten sich im nämlichen Wirtshaus auch etliche Schildbürger ein, um sich nach des Tages Last an einem frischen Trunk zu laben.

Nun fragte sie Till, warum er sie heute so eifrig in der Sonne habe arbeiten sehen, ohne feststellen zu können, was sie eigentlich täten.

Ein alter Schildbürger gab ihm zur Antwort: »Herr, wir haben versucht, das Tageslicht in Säcke zu füllen und es in unser neu gebautes Rathaus zu tragen, denn es ist finster darin, stockfinster.«

Da verstand Eulenspiegel freilich nicht nur das hastige Treiben auf dem Markt. Es ging ihm auch zugleich über die Weisheit der Schildbürger ein Licht auf. Und ganz ernsthaft fragte er den Alten, ob sie denn mit ihrer Arbeit etwas ausgerichtet hätten.

»Kein bißchen«, antwortete der Schildbürger mit betrübtem Kopfschütteln.

»Das macht, weil ihr die Sache nicht so angegriffen habt, wie ich euch wohl möchte geraten haben«, sprach Till, »und wenn ihr meinen guten Rat nicht verachtet, so ist euch noch zu helfen.«

Die Schildbürger horchten auf. Dieser Tagesschimmer von Hoffnung machte sie ganz froh. Sie versprachen Till eine gute Belohnung aus dem Stadtsäckel, wenn er ihnen seinen Rat mitteilen wolle. Dem Wirt befahlen sie, ihm tapfer aufzutragen und vorzusetzen, so daß Eulenspiegel diese Nacht ihr Gast war und redlich ohne Geld zechte.

Am folgenden Morgen, als die liebe Sonne den Schildbürgern ihren hellen Schein wieder schenkte, führten sie Eulenspiegel ins Rathaus. Nachdem er alles mit Fleiß und wichtiger Miene betrachtet hatte von oben und unten, von vorn und hinten, von innen und außen, befahl er ihnen aufs Dach zu steigen und die Dachziegel abzuheben. Das taten die guten Schildbürger alsbald, denn sie hatten am Abend vorher Vertrauen zu Till bekommen.

»Nun habt ihr den Tag in eurem Rathaus«, sprach Eulenspiegel, als die letzte Dachpfanne heruntergenommen war, »ihr mögt ihn darin lassen, so lange es euch gefällt. Wenn er euch beschwerlich wird, so könnt ihr ihn leicht wieder hinausjagen.«

Als die Ratsherren darauf ins Rathaus gingen, fanden sie zu ihrem Erstaunen, daß es gar nicht mehr dunkel darin war, sondern ganz hell. Da war eitel Freude in Schilda, und Eulenspiegel erhielt zum Lohn für seinen trefflichen Rat aus dem Stadtsäckel einen ansehnlichen Geldbetrag, den er mit Dank annahm.

Der Herr Bürgermeister aber ließ noch an demselben Abend ein großes Freudenfest mit Musik, Tanz und Feuerwerk veranstalten und dazu, in Ansehung seiner Verdienste um die Stadt, auch Meister Till einladen. Da fand Eulenspiegel nun alle hübsch beieinander, die in Schilda etwas zu bedeuten hatten: die sechs Ratsherren und die Zunftmeister, den Stadtrichter, den Friedensrichter, die Rechtsanwälte, die Ärzte und viele andere gelehrte Herren mit ihren Frauen, Schwestern, Kindern, Basen und Nichten, die alle neugierig waren, den verständigen Fremdling kennenzulernen. Sie wollten sich alle — weil sie gehört hatten, daß er weit gereist wäre — von ihm die wunderbarsten Abenteuer erzählen lassen. So fragte man ihn, ob er auch im Land der Riesen gewesen sei, oder im Zwergenreich, ob er die Menschen

mit Hunds- und Eselsköpfen besucht und die Meerjung-
frauen mit grünem Haar und Fischschwänzen gesehen
habe.

Und als Eulenspiegel dieses alles, um der Wahrheit
die Ehre zu geben, verneinen mußte, fragte ihn endlich
des Bürgermeisters Enkeltöchterlein: »Aber was habt Ihr
denn draußen in der Welt gesehen, und in welchem
schönen Land seid Ihr gewesen, Meister Till?«

»Im schönsten Land der Welt, mein holdes Kind«, versetzte Eulenspiegel, »im Land wo ewiger Friede herrscht,
wo es nur Herren und keine Knechte gibt, wo niemand
arm und jedermann reich ist, wo um des Goldes willen
keiner einen Finger rührt, weil man das Gold zu nichts
zu gebrauchen versteht. Ich war in dem Land, wo man
weder Pflug noch Schwert kennt, wo es keinen Arzt
gibt, weil niemand krank wird, wo es keine Richter gibt,
weil man dort Zank und Streit nicht kennt, wo jedermann zufrieden ist, weil jeder alles hat, was er sich nur
wünschen kann. Ja, mein Kind, ich bin in dem herrlichen
Land gewesen, wo es keine Angst und Not, keine Sorge
und Plage, keine Arbeit und keine Schule gibt.«

»Von dem schönen Land müßt Ihr uns erzählen, Meister Till!« rief die Kleine aus und klatschte vor Vergnügen in die Hände.

Und als der gestrenge Herr Bürgermeister sein Enkel-
kind so fröhlich sah, trat er näher herzu und lauschte.
Die Eltern der Kleinen und ihre Onkel und Tanten taten
desgleichen.

So sah Eulenspiegel eine große Gesellschaft um sich
versammelt, als er zu erzählen fortfuhr: »Es ist ein glück-
liches und reich gesegnetes Land, nie zu warm und nie
zu kalt, nie zu naß und nie zu trocken. Sommer und Winter, Frühling und Herbst regieren dort nicht wechsel-

weise wie bei uns, sondern gleichzeitig in ewiger Eintracht, so daß man an demselben Tag im Garten Schneeglöckchen, Veilchen, Rosen und reife Äpfel und Birnen pflücken und auf dem Teiche gleichzeitig im Kahne fahren und Schlittschuhlaufen kann.

Berge und Täler, Wälder und Auen sind mit allem angefüllt, was des Menschen Herz erfreut; die Häuser sind mit Eierkuchen gedeckt, die Türen sind von Pfefferkuchen und die Wände aus Speckseiten. Um jedes Haus läuft ein Zaun, aus Bratwürsten geflochten, die sind manchmal kalt und manchmal braun gesotten, je nachdem es einen gelüstet. Für durstige Seelen ist es dort erst recht eine Lust, denn in allen Brunnen, Bächen und Strömen fließt der beste Wein. Wer den Mund an eine Brunnenröhre hält, dem läuft herrlicher, süßer Champagner hinein.

Die Tannenbäume im Walde sind alle geputzt mit Zukkermännern, Zuckerfrauen, Posthörnchen, Pferdchen, Sternen, Ringen und goldenen Äpfeln und Nüssen. Statt der Tannenzapfen tragen sie Pfannkuchen, Waffeln und andere süße Sachen. Auf den Weidenbäumen wachsen frischgebackene Semmeln. Die fallen in die Milchbäche, die unter den Bäumen hinfließen, und brocken sich von selbst für alle Leute ein, die gern Semmelmilch essen. Wer da gern mitlöffeln möchte, braucht gar keinen Löffel mitzubringen, für jeden liegt schon einer bereit.

Ganz drollig geht es den Fischen; sie schwimmen nicht tief im Wasser wie bei uns, sondern spazieren oben umher. Sie sind auch allzeit gebacken oder gesotten und halten sich stets dicht am Rande, so daß jeder sie mit den Händen greifen und fangen kann. Ja, man braucht nur ‚Bst! Bst!' zu rufen, dann kommen sie ans Land spaziert und hüpfen einem in die Hand, so daß man sich nicht einmal zu bücken braucht. Wer aber sogar zu faul ist, auch nur die Hand auszustrecken, der braucht sich nur auf den Rücken zu legen und den Mund aufzusperren, dann fliegen ihm gebratene Hühner, Gänse, Tauben, Rebhühner und Wachteln hinein.

Auch rundliche, fette Schweine laufen im Lande gebraten umher und haben im Rücken gleich Messer und Gabel stecken. Wer Lust hat, der schneidet sich da ein Stück ab, soviel er essen mag, und steckt Messer und Gabel wieder hinein. Die Landstraßen sind mit lauter Käse und Fleischpasteten gepflastert, und die Meilensteine am Weg sind Puffer und Sandtorten, die von selbst wieder nachwachsen, wenn man ein Stück davon abbricht. Wenn es im Winter regnet, so regnet es Honig. Und wenn es im Sommer schneit, so schneit es feinen Zucker. Wenn es aber hagelt, dann fallen Zuckerkörner vom Himmel, mit Feigen und Mandeln und kleinen und großen Rosinen dazwischen. Ja, ja, das ist ein herrliches Land!

Am bequemsten aber haben es darin die Bauern. Die wachsen auf Bäumen und wenn sie reif sind, fallen sie herab, jeder in ein paar Stiefel hinein. Es befindet sich auch ein Jungbrunnen in dem schönen Land, der hat große Kräfte. Wer häßlich oder alt wird, der steigt hinein, und wenn sich etwa alte Weiber darin baden, so kommen sie heraus als junge, schmucke Mägdelein von siebzehn oder achtzehn Jahren, älter sind sie gar nicht.«

»Das ist ja das Schlaraffenland, Meister Till«, rief des Bürgermeisters Enkeltöchterlein.

»Gewiß, mein kleines Fräulein«, entgegnete Eulenspiegel, »es ist das Schlaraffenland, das vierzehn Tage hinter Weihnachten liegt und in dem während des ganzen Jahres Ostern und Pfingsten auf einen Tag fallen.«

»Und Ihr seid wirklich dort gewesen?« fragte die Kleine staunend.

»Freilich, freilich; ich habe mich durch den Kuchenberg hindurchgegessen, der rings um das Land läuft.«

»Aber weshalb seid Ihr denn nicht in dem Land geblieben, Meister Till?« fragte das Mädchen weiter.

»Je nun, es ist ein eigen Ding um das Leben im Schlaraffenland, mein Kind«, antwortete Till. »Es fehlt dort freilich nicht an allerlei Vergnügen und Kurzweil. So schießen sie da zum Beispiel nach der Scheibe, und wer am weitesten vorbeitrifft, gewinnt den besten Preis, und wer beim Wettlauf zuletzt das Ziel erreicht, ist Sieger. Allein — Ihr mögt es mir glauben oder nicht — das ist ebenso schwer, ja fast schwieriger, als auf unsere Art den Preis zu gewinnen.

Auch geht es im Schlaraffenland in allen Angelegenheiten so, daß es dort völlig eine umgekehrte Welt ist. Die Dummköpfe und die Grobiane stehen dort in Ehren und bekleiden die höchsten Ämter. Wer so ungeschickt und unverständig ist, daß er weiter nichts versteht als Essen, Trinken und Schlafen, der wird im Schlaraffenland ein Edelmann; und wer noch dazu wild und wüst und grob ist, der wird ein Herzog oder doch mindestens ein Graf. Den Allerdümmsten machen die Schlaraffen zum Kanzler des Reiches und den Faulsten erwählen sie zu ihrem König.

Wer aber mit solchem Leben nicht allzeit völlig zufrieden ist und anfängt, der Sache überdrüssig zu werden, auf den passen die rechten und echten Schlaraffen strenge auf, und sobald er zum dritten Mal gähnt, wird er nach ihren Gesetzen unweigerlich des Landes verwiesen. So ist es denn gekommen, daß ich kaum acht Tage dort gewesen bin.«

Eulenspiegel hatte seine Erzählung beendet. Über diesem Geistesfeuerwerk haben die Schildaer Ratsherren und Ratsverwandten das schöne wirkliche Feuerwerk versäumt, das nun ohne sie von den schlichten Bürgern bewundert wurde.

Jedoch die hochweisen und wohlweisen Herren waren nicht ungehalten darüber. Vielmehr sagte der gestrenge Herr Bürgermeister leutselig: »Ihr sollt bei uns in Schilda bleiben, Meister Till; dafür, daß Ihr hier nicht dreimal gähnt, wollten wir schon sorgen, und mir will scheinen, Ihr könntet der Stadt noch manch trefflichen Dienst leisten, womit Ihr ja heute schon einen guten Anfang gemacht habt.«

Eulenspiegel verneigte sich zum Zeichen seines Einverständnisses. Denn es gelüstete ihn, noch mehr von der Schildbürger Narretei kennenzulernen. So war er mit dem Vorschlag wohl zufrieden. Schon am nächsten Tag fing er mit den »mancherlei trefflichen Diensten« an, die er der Stadt Schilda leisten sollte.

Es war um die Zeit der Heuernte. Die Schildbürger, die stets gar ernstlich auf den allgemeinen Nutzen bedacht waren, hatten sich verabredet, am folgenden Tag eine Mauer zu besehen, die noch von einem alten Bau übriggeblieben war. Sie hofften nämlich, die Steine noch mit Vorteil anderweitig verwenden zu können.

Als sie bei der Mauer ankamen, gewahrten sie, daß dort oben viel schönes, langes Gras gewachsen war, und es ärgerte sie, daß es umkommen sollte. Sie hielten also einen Rat, wie man das Gras benutzen könnte. Die Meinungen gingen wie gewöhnlich weit auseinander. Einige schlugen vor, es abzumähen — allein niemand getraute sich, die hohe Mauer zu erklettern. Andere meinten, wenn gute Schützen unter ihnen wären, so dürfte es das

33

beste sein, das Gras mit Pfeilen herabzuschießen — allein es hatte niemand in Schilda eine Armbrust.

Endlich trat Eulenspiegel vor und sagte, man brauche das Gras weder abzumähen noch abzuschießen; er wolle geraten haben, das Vieh auf der Mauer weiden zu lassen. Es habe eine natürliche Vorliebe für saftiges Gras und solle damit wohl fertigwerden.

Diesem Rate neigte sich die ganze Gemeinde zu. Weil der Herr Bürgermeister der vornehmste unter ihnen sei, meinten die Herren, es wäre billig, daß seine Kuh die erste sein müsse, die den guten Rat und das Gras zu genießen hätte. Danach sollten dann auch die gewöhnlichen Kühe an die Reihe kommen. Der Bürgermeister nahm die Ehre im Namen seiner Kuh mit Dank an, und so wurde diese herbeigeholt. Man schlang ihr ein starkes Seil um den Hals, warf es über die Mauer und begann auf der anderen Seite mit vereinten Kräften daran zu ziehen. Als sich nun der Strick zusammenzog, wurde die arme Kuh erwürgt und streckte die Zunge aus dem Maul heraus.

Das gewahrte ein langer Schildbürger und rief ganz erfreut: »Ziehet, ziehet nur noch ein wenig!«

Und der Herr Bürgermeister selbst rief: »Seht, sie hat das frische Gras schon gerochen! Seht, wie sie die Zunge danach ausstreckt! Sie ist nur zu tölpisch und ungeschickt, daß sie sich nicht selbst vollends hinaufhelfen kann. Es sollten einige von euch hinaufklettern und ihr helfen!«

Aber so sehr die Schildbürger sich auch mühten, sie brachten es nicht fertig, die Kuh ganz auf die Mauer zu ziehen. Als sie die Kuh endlich herunterließen, wurden sie mit Staunen und Schrecken gewahr, daß sie mausetot war. Sie mußten nun das schöne Gras auf der

Mauer ungenützt stehen lassen, und es tat ihnen sehr leid, daß die Kuh, die so begierig schon die Zunge danach ausstreckte, gestorben war, ehe sie das Gras verzehren konnte.

Aber ein Glück war doch bei dem Unglück. Die Schildbürger hatten nämlich an der Kuh für gemeinsam verrichtete Arbeit wieder ein rechtes Gemeindeessen, und so wurde der Herr Bürgermeister ihr Gastgeber.

WIE DER STREIT
UM DES ESELS SCHATTEN ANHOB

Eulenspiegel hatte Quartier bei einem biederen Eseltreiber genommen, der in der Geschichte seiner Vaterstadt bisher überhaupt keine Rolle gespielt hatte. Dafür aber war er berufen, hinfort eine um so bedeutendere zu spielen. Der Weg zur Berühmtheit führte auch für Hans Jakob durch allerlei Unglück. Es begann damit, daß er in kaum acht Tagen alle drei Esel einbüßte, deren Besitzer er war.

Das hatte sich folgendermaßen zugetragen: Hans Jakob hatte seinen drei Eseln einen Ruhetag gönnen wollen und sie deshalb vor die Stadt auf die Weide geführt. Dort hatten sie den ganzen Tag nach Gefallen gefressen und waren umhergesprungen. Als es abends kühler zu werden begann, setzte sich Hans Jakob auf einen der Esel und trieb die beiden anderen vor sich her dem Stalle zu, und als sie in diesen eintraten, überzählte ihr Herr sie nochmals.

»Potz Blitz, das ist ein schlechter Spaß!« rief er plötzlich aus. »Wo ist der dritte Esel geblieben? Es sind doch heute morgen ihrer drei gewesen.«

Damit machte er eilends kehrt und ritt auf die Weide zurück, um den verlorenen Esel zu suchen, vergaß dabei aber in der Hast, die Stalltür zu schließen. Er ritt nun auf der Weide bald hierhin und bald dorthin, schaute bald hinter diesen Busch und bald hinter jenen, aber vergebens! Der Esel war nirgends zu finden.

Unterdessen war es Nacht geworden. Völlig erschöpft stieg der unglückliche Eseltreiber endlich ab, um ein wenig zu verschnaufen, da — o Wunder — stand der verlorene Esel plötzlich vor ihm.

»Ei du mein Eselchen, ei du mein Eselchen!« rief Hans Jakob fröhlich aus, fiel seinem Grauschimmel um den Hals und herzte und streichelte ihn. Dann nahm er ihn an dem Halfter und führte ihn heim. Mittlerweile war es aber den anderen beiden Eseln im Stalle zu langweilig geworden und sie waren ihrer Wege gegangen, zur Stalltür und zum Stadttor hinaus und in die weite Welt hinein. Wohin sie gekommen sind, hat niemals ein Mensch erfahren.

Als Hans Jakob diesen Schaden erkannte, mußte der wiedergefundene Esel den ganzen Zorn seines Meisters über sich ergehen lassen, war er doch an allem Unglück schuld. Denn wäre er nicht verlorengegangen, so hätten seine beiden Kameraden nicht ausrücken können. Hans Jakob wurde dem Langohr daher so gram, daß er ihn nicht mehr sehen mochte und ihn am nächsten Tag um zehn Taler an einen Händler verkaufte. Weil aber doch ein Eseltreiber nicht ohne Esel sein kann, ging er wenige Tage später auf den Markt, um sich einen neuen Gesellen zu kaufen. Nun wollte es der Zufall, daß er just dazukam, als sein eigener Esel im Auftrag jenes Händlers an den Meistbietenden verkauft werden sollte.

Der Gerichtsdiener, der dieses Geschäft zu besorgen hatte, führte den Esel umher und pries seine Tugenden mit den Worten: »Ein hellfarbiger, junger Esel, kräftig und völlig gesund, ein tüchtiger Paßgänger!«

»Ei, ei«, dachte Hans Jakob, »hab ich doch nimmer gewußt, daß mein Grauschimmel ein Paßgänger sei«, und als in diesem Augenblick ein Schildbürger zehn Taler für den Esel bot, rief Hans Jakob kurz entschlossen: »Elf Taler!« wobei er in den Bart brummte: »Weshalb soll ich nicht auch auf meinen Esel bieten, wenn er ein Paßgänger ist?«

»Elf und einen halben Taler!« bot ein anderer Schildbürger.

»Elf und dreiviertel!« rief einen Augenblick später ein dritter.

»Zwölf Taler!« bot Hans Jakob mit lauter Stimme, und weil kein höheres Gebot mehr erfolgte, sagte der Gerichtsdiener: »Zwölf Taler zum ersten, zwölf Taler zum zweiten, zwölf Taler zum dritten und letzten!« Damit war der Esel wieder Hans Jakobs Eigentum, der das Geld bezahlte und ihn vergnügt heimführte.

Als er nun mittags mit seinem Weibe und Eulenspiegel bei Tisch saß, erzählte er ihnen von seinem glücklichen Handel.

»Hans Jakob«, sagte darauf seine Frau, »dann haben wir heute beide unseren glücklichen Tag gehabt. Sieh,

die Pflaumen, die ihr gerade esset, hab' ich heute morgen
gekauft, und weil der Händler so karg wog, hab' ich mein
goldenes Armband heimlich mit auf die Schale zu den
Gewichten gelegt. Da hab' ich denn manche zu viel erhalten.«

»Und Euer Armband?« fragte Eulenspiegel.

»Das ist freilich mit dem Handel draufgegangen, Meister Till. Allein ich habe noch eines.«

»Das nenne ich mir eine gar treffliche Verwaltung«,
sagte Eulenspiegel. »Fahrt ihr beide so zu wirtschaften
fort, du, Hans Jakob, in den äußeren Angelegenheiten
und deine Frau in den inneren, dann kann es euch nimmer fehlen.«

Am Abend des gleichen Tages schickte Meister Brech,
der seit langen Jahren als Zahnarzt in Schilda wirkte,
eine Magd zu Hans Jakob. Er ließ den biederen Eseltreiber fragen, ob er am folgenden Tag mit seinem Grauschimmel dem Meister zu Diensten sein wolle. Das sagte
dieser in seinem eigenen und seines Esels Namen zu.
Meister Brechs Kundschaft war nämlich nicht nur in
Schilda, deren einziger Zahnarzt er war, sondern auch
in der weiteren Umgebung. Er besuchte ihre Jahrmärkte,
um dort neben seinen Zahnpulvern und Zahnwassern
auch sonst noch mancherlei wirksame Hausmittel gegen
verschiedene Gebrechen zu vertreiben. Auf solchen Rei-
sen pflegte der Zahnarzt sich einer Eselin zu bedienen,
teils um seine eigene Person zu befördern, teils zum
Transport der Arzneien für seine Kundschaft und der
Lebensmittel für sich selbst. Die Eselin war unglücklicherweise plötzlich erkrankt, folglich nicht imstande,
die Reise mitzumachen.

Darum also mietete Meister Brech sich für den folgenden Tag Hans Jakobs Esel, der ihn und seine Bürde bis

38

zur nächsten Ortschaft tragen sollte. Hans Jakob aber mußte beide zu Fuß begleiten, um den Esel gebührlich zu versorgen und ihn am Abend wieder heimzureiten.

Früh am anderen Morgen ging die Reise los. Der Weg führte über eine große Heide. Da es mitten im Sommer und die Hitze drückend war, sah sich der Zahnarzt nach einem schattigen Platze um, wo er einen Augenblick absteigen und auch die Beine etwas vertreten könnte. Allein es war weit und breit weder Baum noch Strauch, noch sonst ein schattenspendender Gegenstand zu sehen. Endlich, als Meister Brech die Sonnenglut kaum noch ertragen konnte, machte er halt, stieg herab und setzte sich in den Schatten des Esels.

»Nun, Herr«, fragte Hans Jakob, »was soll das heißen?«

»Ich setze mich ein wenig in den Schatten«, antwortete der Zahnarzt, »denn die Sonne brennt mir ganz unleidlich auf den Schädel.«

»Nein, mein guter Herr«, versetzte Hans Jakob, »das habt Ihr nicht ausbedungen! Ich habe Euch den Esel vermietet, aber von seinem Schatten ist keine Rede gewesen.«

»Du spaßest, guter Freund«, sagte der Zahnarzt lachend, »der Schatten geht mit dem Esel, das versteht sich von selbst.«

»Das versteht sich nicht von selbst, Meister Brech«, rief der Eseltreiber trotzig. »Ihr habt mir nur den Esel abgemietet. Hättet Ihr den Schatten auch dazu mieten wollen, so hättet Ihr es sagen müssen. Mit einem Wort, Herr, steht auf und setzt Eure Reise fort, oder bezahlt mir für des Esels Schatten, was billig ist.«

»Was?« schrie der Zahnarzt, »ich habe für den Esel bezahlt und soll auch noch für seinen Schatten bezahlen? Ich wäre selbst ein dreifacher Esel, wenn ich das täte!

Der Esel ist für diesen ganzen Tag mein, und ich will mich in seinen Schatten setzen, so oft es mir beliebt, und will darin auch sitzen bleiben, so lange es mir beliebt! Darauf kannst du dich verlassen, Hans Jakob!«

»Ist das im Ernst Eure Meinung?« fragte dieser mit der ganzen Kaltblütigkeit eines Schildaer Eseltreibers.

»In vollem Ernst«, versetzte Meister Brech.

»So komme der Herr nur unverzüglich wieder zurück nach Schilda vor die Obrigkeit«, sagte Hans Jakob. »Da wird es sich zeigen, wer von uns beiden recht behält. Ich möchte den sehen, der mir den Schatten meines Esels gegen meinen Willen abtrotzt!«

Was wollte der Zahnarzt machen, da ihm der Eseltreiber an Körperkräften unzweifelhaft weit überlegen war? Es blieb ihm kein anderer Weg, als nach Schilda zurückzukehren und die Sache vor den Friedensrichter zu bringen. Dieser war ein ehrwürdiger, alter Herr, der jedermann mit großer Geduld anhörte und den Leuten freundlichen Bescheid gab. Er hatte nur die kleine Schwäche, daß — sobald zwei Parteien vor ihn kamen — ihm allemal diejenige im Recht zu sein schien, die zuletzt gesprochen hatte. Da nun bei Rechtshändeln gewöhnlich eine Partei nach der anderen ihr Sache vorträgt, schien dem Friedensrichter jedesmal erst die eine, dann die andere Partei recht zu haben. Das hatte natürlicherweise die gute Folge, daß er die vor ihn gebrachten Händel in Güte zu schlichten suchte.

Meister Brech und Hans Jakob kamen also zornentbrannt vor diesen würdigen Friedensrichter gelaufen und brachten beide zugleich mit großem Geschrei ihre Klage vor. Er hörte sie wie gewöhnlich mit Langmut an, zuckte die Achseln, weil ihm der Streit einer der verworrensten schien, die ihm jemals vorgekommen waren, und fragte:

»Wer von euch beiden ist denn eigentlich der Kläger?«

»Ich klage gegen den Eseltreiber, daß er unseren Vertrag gebrochen hat«, antwortete der Zahnarzt.

»Und ich«, sagte Hans Jakob, »klage gegen den Zahnarzt, daß er sich unentgeltlich eine Sache angeeignet hat, die ich ihm nicht vermietet hatte.«

»Da haben wir also zwei Kläger«, sagte der Friedensrichter. »Und wo ist der Beklagte? Ein wunderlicher Handel! Erzählt mir die Sache noch einmal, aber einer nach dem anderen. Es ist unmöglich, daraus klug zu werden, wenn beide zugleich schreien.«

»Hochgeachteter Herr Friedensrichter«, begann der Zahnarzt, »ich habe Hans Jakob den Gebrauch des Esels auf einen Tag abgemietet. Freilich ist von des Esels Schatten dabei nicht die Rede gewesen. Allein wer hat es jemals gehört, daß bei einer solchen Miete ein Vorbehalt wegen des Schattens eingeschaltet worden wäre? Es ist ja doch nicht der erste Esel, der in Schilda vermietet wird.«

»Da hat der Herr recht«, sagte der Friedensrichter.

»Gestrenger Herr«, rief Hans Jakob, »ich bin nur ein gemeiner Mann, aber das sagen mir meine fünf Sinne, daß ich nicht nötig habe, meinen Esel umsonst in der Sonne stehen zu lassen, damit sich ein anderer in seinen Schatten setze. Ich habe dem Herrn den Esel vermietet, und er hat mir die Hälfte vorausbezahlt, das gestehe ich. Aber der Esel und sein Schatten sind zweierlei.«

»Auch wahr«, murmelte der Friedensrichter.

»Will er auch den Schatten haben«, fuhr Hans Jakob fort, »so mag er halb soviel dafür bezahlen wie für den Esel selbst, denn ich verlange nichts was unbillig ist, und ich bitte, mir zu meinem Recht zu verhelfen.«

»Das Beste, was ihr in der Sache tun könnt«, sagte der

Friedensrichter, »ist, euch in Güte miteinander abzufinden. Du, ehrlicher Mann, läßt immerhin des Esels Schatten, weil es doch nur ein Schatten ist, mit in die Miete gehen, — und Ihr, Meister Brech, gebt ihm zehn Heller dafür. So können beide Teile zufrieden sein.«

»Ich gebe auch nicht einen roten Heller«, schrie der Zahnarzt, »ich verlange mein Recht!«

»Und ich bestehe auf meinem Recht«, schrie der Eseltreiber. »Wenn der Esel mein ist, so ist auch der Schatten mein, und ich kann damit schalten und walten! Und weil der Mann da nichts von Recht und Billigkeit hören will, so verlange ich jetzt das Doppelte. Ich will doch sehen, ob noch Gerechtigkeit in Schilda ist!«

Der Friedensrichter war in großer Verlegenheit. »Wo ist denn der Esel?« fragte er.

»Der steht unten auf der Straße, gestrenger Herr.«

»Führt ihn in den Hof!« gebot der Friedensrichter.

Hans Jakob gehorchte mit Freuden, denn er hielt es für ein gutes Zeichen, daß der Richter die Hauptperson sehen wollte. Der Esel wurde herbeigeführt und schaute mit gespitzten Ohren erst den beiden Herren, dann seinem Meister ins Gesicht, verzog das Maul, ließ die Ohren wieder sinken und sagte kein Wort.

»Da seht nun selbst, gnädiger Herr Friedensrichter«, rief Hans Jakob, »ob der Schatten eines so schönen, stattlichen Esels nicht seine zehn Heller unter Brüdern wert ist, zumal an einem so heißen Tage wie heute?«

Der Friedensrichter versuchte es noch einmal mit Güte und die beiden Widersacher fingen auch wirklich schon an, einander Zugeständnisse zu machen. Da trat unglücklicherweise der Rechtsanwalt Kneifer in das Zimmer und gab der Sache auf einmal eine andere Wendung, nachdem er gehört hatte, wovon die Rede war.

»Meister Brech hat das Recht völlig auf seiner Seite«, sagte er, denn er kannte den Zahnarzt als einen wohlhabenden und dabei sehr hitzigen und eigensinnigen Mann. Und nun wollte dieser natürlich nichts mehr von einem Vergleich hören, sondern bestand hartnäckig darauf, daß die Sache vor dem hochpreislichen Stadtgerichte zum Austrag gebracht werde. Der ehrliche Friedensrichter mußte also wohl oder übel einen neuen Rechtstag ansetzen. Hans Jakobs Esel aber wurde mitsamt seinem Schatten in den Gemeindestall der Stadt Schilda geführt, um dort die Entscheidung dieses schwierigen Rechtshandels zu erwarten.

WIE DIE SCHILDBÜRGER SALZ BAUTEN

So hatte sich zwischen dem Zahnarzt und dem Eseltreiber ein Rechtsstreit entsponnen, der bei der Eigenart der Schildbürger dem Frieden der Stadt bedrohlich werden konnte. Einstweilen jedoch füllte ein Friedenswerk das Dichten und Trachten der Bürger völlig aus.

Wie sehr die Stadt auch Überfluß an Korn sowie an Feld- und Gartenfrüchten, ebenso an trefflichen Weiden und an fettem Vieh hatte, so fehlte es ihr doch zu großem

Verdruß der Schildbürger an einem, nämlich an Salz. Das mußten sie in fernen Landen um schweres Geld kaufen und dazu noch die Kosten für seine Herbeischaffung und überdies hohe Zölle tragen. Weil man nun aber in der Küche das Salz so wenig entbehren kann wie den Dünger auf dem Felde, so hatten die Schildbürger schon seit Jahren mit Fleiß getrachtet, es dahin zu bringen, daß sie ihr eigenes Salz bekämen. Sie hatten schon während der Zeit ihrer Weisheit an manchen Orten danach gegraben, aber niemals etwas anderes als Sand gefunden. Sie hatten dann später mit Fleiß Schnee und ein andermal Hagelkörner gesammelt und gehofft, der Schnee und der Hagel möchten, hinter dem Ofen getrocknet, sich statt des Salzes verwenden lassen. Allein beide waren jedesmal zu Wasser geworden und mit ihnen ihre Hoffnung.

Nach langem Hin- und Herberaten hatte dann endlich, auf unermüdliches Betreiben des hochweisen Herrn Bürgermeisters, der wohlweise Rat einmütig den verständigen Beschluß gefaßt:

Da allgemein bekannt sei, daß der Zucker, der dem Salze ganz ähnlich sähe, auf dem Felde wachse, wenn auch gerade nicht in Schilda, so folge daraus notwendiger Weise, daß man auch das Salz auf dem Acker ziehen könne. Da auch das Salz Körnlein habe wie der Weizen, und man ebensogut sage ein Salzkorn wie ein Weizenkorn, so beschließe ein wohlweiser Rat, daß man ein der Stadt Schilda gehörendes Stück Feld pflügen, eggen und mit Salz besäen solle. Es sei kein Zweifel, daß man auf solche Weise am bequemsten Salz gewinnen könne und es nicht mehr wie seither um gute Worte und teures Geld auswärts zu kaufen brauche.

Wie beschlossen war, so geschah es, und die Schildbürger freuten sich über die Klugheit ihres wohlweisen

Rates. Es war auch keiner unter ihnen, der nicht die Hoffnung gehegt hätte, sie würden nun nicht nur ihrer Salznot enthoben sein, sondern durch Handel mit dem selbsterzeugten Salze künftig sogar großen Gewinn erzielen.

Der Acker wurde gepflügt, geeggt und dann reichlich mit Salzkörnern besäet. Um die edle Aussaat zu beschützen, daß die Vögel nicht, wie das ihre Art ist, die Körnlein aufpickten, wurden an allen vier Ecken des Ackers Hüter aufgestellt. Jeder war mit einem langen Vogelrohr und mit einer großen Klapper bewaffnet, damit er die Vögel erschießen oder verscheuchen könnte, wenn sie etwa das ausgesäte Salz wie andere Sämereien auffressen wollten.

Es währte nicht lange, so fing der Acker an, aufs allerschönste zu grünen. Die Schildbürger freuten sich darüber ohne Maßen und gingen alle Tage hinaus, um zu sehen, wie das Salz wüchse. Ja, sie beredeten sich selber, daß sie es wachsen hörten, gleich wie manche Leute glauben, das Gras wachsen zu hören.

Je mehr nun das grüne Kraut mit seinen zackigen Blättlein auf dem Salzacker wuchs, desto mehr wuchs auch die Hoffnung der Schildbürger. Da war keiner, der nicht im Geiste schon ein ganzes Mäßlein Salz von ihrem eigenen Acker gegessen hätte. Damit nun das heranwachsende Salz nicht zertreten oder sonstwie beschädigt würde, wenn sich etwa eine Kuh oder ein Pferd, ein Schaf oder eine Ziege, oder gar ein Schwein auf den Salzacker verirrte, bestellten die Schildbürger einen besonderen Vogt. Der sollte achthaben und ohne Erbarmen alles Getier von dem Acker jagen, sich selbst aber wohl hüten, ihn zu betreten. Der Vogt versprach bei seinem Eide, das getreulich zu leisten.

Dennoch kam das unvernünftige Vieh auf den wohlbestellten Salzacker, zertrat und zertrampelte ihn und fraß nicht nur die herrliche Aussaat von Salz, sondern auch das, was noch hätte wachsen sollen. Der Vogt, der dieses sah, wußte wohl, was ihm seine Pflicht gebot. Aber er verlor den Kopf, denn er war ein Schildbürger, und anstatt das Vieh hinauszutreiben, lief er geschwind in die Stadt und meldete das Unheil dem Bürgermeister.

Dieser berief alsbald die sechs Ratsherren zu einer außerordentlichen Sitzung, um Rat zu pflegen, was in der Sache zu tun sei. Über den Vorfall wurde lange hin- und hergeredet und bedacht vieles dafür und dawider besprochen, so daß den wohlweisen Herren von tiefsinnigem Denken fast die Köpfe geborsten wären. Endlich wandten sie sich in ihrer Not an Till Eulenspiegel. Der riet ihnen:

Anzunehmen und zu hoffen wäre, daß sich das dumme Vieh mehr vor einem wohlweisen Rat als vor dem geringen Vogt oder Feldhüter scheuen würde. Weil diesem sein Eid verbiete, den Salzacker zu betreten, so möchten vier der Ratsherren den Vogt auf eine Tragbahre stellen, ihm eine lange Peitsche in die Hand geben und ihn so lange in dem Salzacker herumtragen, bis er das Vieh hinweggetrieben hätte.

Nachdem man diesen vortrefflichen Rat zum Beschluß erhoben hatte, ging man unverzüglich an seine Ausführung. Vier Ratsherren trugen den Vogt auf einer Bahre in dem Salzacker umher, bis er mit einer Peitsche den Feind des Vaterlandes in die Flucht geschlagen hatte, ohne mit seinen groben Füßen die Saat zu zertrampeln. Die vier Ratsherren aber wußten so vorsichtig und sorgsam aufzutreten, daß durch sie dem kostbaren Acker kein allzugroßer Schaden zugefügt wurde.

Von nun an gedieh das Salzkraut prächtig und sah aus,

als ob es Unkraut wäre, just so wie Brennesseln. Einstmals ging ein ehrsamer Schildbürger an dem grünenden Acker vorbei, und da er die kräftigen Pflanzen sah, gelüstete es ihn, sie einmal zu kosten. Er raufte also ein wenig von dem edlen Salzkraut aus, und obschon es ihn an den Fingern brannte, führte er es doch in den Mund. Brr! das biß aber auf der Zunge und brannte wie Feuer! Aber je mehr es biß und brannte, desto mehr freute er sich, denn er merkte, daß es richtiges, scharfes Salz war.

Er sprang vor Schmerz und Freude bald auf das eine, bald auf das andere Bein und rief mit heller Stimme: »Es ist Leckerwerk, Leckerwerk ist es!«

Dann lief er spornstreichs in die Stadt und läutete die Sturmglocke, damit alle Schildbürger zusammenkämen und die gute Nachricht vernähmen.

Da stürzten die Schildbürger aus ihren Häusern und rannten auf das Rathaus, und als sie alle versammelt waren, verkündete er ihnen, vor Freude zitternd, das Salz sei nunmehr im Reifen begriffen. Sie sollten fröhlich und guten Mutes sein, das Kraut sei schon so scharf, daß es ihn auf der Zunge gebissen habe. Hieraus sei anzunehmen, daß ein recht gutes Salz daraus werden würde. Sie möchten nur selbst vor die Stadt gehen und sich davon überzeugen.

Als die Schildbürger solch frohe Nachricht vernahmen, waren sie unbeschreiblich glücklich. Sie machten sich alsbald alle miteinander auf nach dem Salzacker, der Bürgermeister an der Spitze. Dieser raufte ein Krautblatt aus, legte es auf die Zunge und kostete es. Alle anderen taten es ihm nach, und alle fanden es so, wie der Bote ihnen verkündet hatte. Sie waren sehr froh, und jeder dünkte sich in seinem Sinn schon als einen mächtigen Salzherrn.

Den Reichtum aber, den sie aus ihrer Salzgewinnung schöpfen würden, dankten sie — darüber waren alle gleicher Meinung — dem klugen Rate ihres gestrengen Bürgermeisters, der zuerst auf den glücklichen Gedanken gekommen war, die Salzkörner gleich den Weizenkörnern auf dem Acker zu säen. Sie beschlossen daher einmütig, Seine Hochweisheit durch den Titel » V a t e r d e s V a t e r l a n d e s « auszuzeichnen und ihm überdies als sichtbares Zeichen ihrer Dankbarkeit einen Ehrenkranz zu verleihen. Sie flochten daher aus Zweigen des edlen Salzkrautes einen Kranz und setzten diesen ihrem Bürgermeister feierlich aufs Haupt.

Der aber rieb sich die Stirn, vergoß Tränen der Rührung und sprach in berechtigtem Stolze: »Ei, wie heiß brennt die Stirn des Siegers unter dem Kranze der Unsterblichkeit.«

Als endlich die Zeit der Ernte gekommen war, zogen die Schildbürger mit Roß und Wagen und mit Sicheln vor die Stadt auf den Salzacker, um das Salzkraut zu schneiden und die Garben heimzufahren. Etliche hatten sogar ihre Dreschflegel mitgebracht, um das Salz gleich an Ort und Stelle auszudreschen. Als sie aber Hand anlegen und ihr gewachsenes Salz abschneiden wollten, da war es so herb und hitzig, daß es ihnen allen die Hände verbrannte.

Dies hatten sie freilich, von der großen Kraft des Salzkrautes wohl unterrichtet, gar nicht anders erwartet. Sie hatten jedoch nicht gewagt, sich mit Handschuhen zu versehen, weil der Sommer gar so heiß war. Sie fürchteten, man möchte ihrer spotten, wenn sie Handschuhe anzögen.

Nun meinten einige der Schildbürger, die mit der Landwirtschaft wohl vertraut waren, man solle das Salzkraut abmähen wie das Gras. Allein dem widersetzten sich an-

dere, die nicht minder darum Bescheid wußten, weil zu befürchten wäre, daß dabei der Samen ausfalle. Wieder andere meinten, weil das Kraut gar so hitzig sei und nicht dulde, daß man es angreife, so solle man es mit der Armbrust niederschießen wie einen tollen Hund, den auch niemand anzugreifen wage. Weil sie aber keinen Schützen unter sich hatten und befürchteten, ihre Kunst zu verraten, falls sie nach einem fremden schickten, so ließen sie auch das bleiben.

Kurzum, die Schildbürger mußten das edle Salzkraut auf dem Felde stehen lassen, bis sie einen besseren Rat fanden. Hatten sie zuvor wenig Salz gehabt, so hatten sie jetzt noch weniger, denn was nicht in der Küche verbraucht war, das hatten sie ausgesät. Deswegen litten sie großen Mangel an Salz, zumal am Salze der Weisheit, das bei ihnen allmählich ganz dünn geworden war. Daher zerbrachen sie sich auch den Kopf darüber und sannen nach, ob etwa der Acker nicht recht bebaut worden wäre. Sie hielten viele Ratssitzungen darüber ab, wie man es im nächsten Jahr besser machen könnte.

WIE TILL EULENSPIEGEL
ENDLICH LICHT INS RATHAUS BRACHTE

Während des Sommers hielten die Schildbürger in ihrem neuen Rathaus zahlreiche Versammlungen ab, bei denen sie wichtige, das Vaterland und ihre liebe Vaterstadt betreffende Fragen behandelten. Und weil sie sehr viel Glück hatten, regnete es während des ganzen Sommers nie. So bemerkten sie den Mangel eines Daches gar nicht.

Schließlich aber begann der Sommer sein heiteres Gesicht zu verbergen. Der Herbst mit seinen Stürmen und Regenschauern war zu erwarten. Eines Tages begann es auch, während die Herren das Beste der Stadt erwogen, zu regnen. Da merkten sie, daß das Dach ja fehlte, das sie allein vor Wind und Wetter schützen könne wie ein großer Regenhut den Kopf. Darum hatten sie nichts Eiligeres zu tun, als das Dach wieder zu decken.

Aber siehe da, als dem Rathause sein Hut wieder aufgesetzt worden war und die Schildbürger nun in das Haus gingen und die Ratsstube betraten, da war es darin leider wieder ebenso dunkel wie zuvor. Erst jetzt merkten sie, daß Till Eulenspiegel sie häßlich hinter das Licht geführt hatte, und manche unter ihnen knurrten darüber. Sie konnten es aber doch nicht mehr ändern. Und weil man zu Dingen, die nicht abzuändern sind, gute Miene machen soll, setzten sie sich alle wieder mit ihren brennenden Lichtspänen auf den Hüten zusammen und hielten Rat, was nun zu tun sei. Aber obwohl sie alle sehr hell erleuchtete Köpfe hatten, konnten sie doch nichts Kluges finden.

Da blieb ihnen denn freilich nichts anderes übrig, als sich abermals um Rat an Eulenspiegel zu wenden. Der sagte ihnen: »Wenn es euch Schildbürgern trotz allen Fleißes, trotz aller Mühe und trotz aller Unkosten, die ihr daran gewandt habt, nicht glücken will, Licht in euer Rathaus zu bringen, so versucht doch einmal, ob ihr nicht euer Rathaus ins Licht bringen könnt. Vielleicht gelingt das.«

Die Schildbürger sahen ihn ob dieser Rede mit offenem Munde an, und Eulenspiegel merkte, daß er deutlicher sprechen müsse. Er fuhr also fort: »Ihr solltet euer schönes Rathaus nicht in einem dunklen Winkel des Marktes aufgebaut haben. Rückt es mehr ins Licht, dann wird es wohl hell darin werden. Es will mir scheinen, daß sich unter euch genug erleuchtete Köpfe finden, die Mittel und Wege erdenken können, um das auszuführen. Kommt es doch nur darauf an, den ganzen Bau ins Rollen zu bringen! Gelingt Euch das, dann steht nur zu befürchten, daß er über das Ziel hinausrutscht. Davor müßt ihr euch hüten!«

Da fiel es den Schildbürgern plötzlich wie Schuppen von den Augen, und sie gaben Meister Till recht. Der Bürgermeister erhob sich mit großer Würde von seinem Sitze und sprach: »Liebe Ratsgenossen! Was uns Meister Till soeben gesagt hat, scheint mir sehr wichtig und weise zu sein. Darum ist mein Rat, daß wir unser neues Rathaus von der dunklen Stelle, auf der es steht, ins helle

Licht rücken wollen. Deshalb haben sich alle Schildbürger morgen, sobald die Glocke läutet, vor dem Rathaus zu versammeln, damit wir unsere Kraft versuchen, das Haus an das helle Licht zu schieben. Damit es sich leichter fortbewege, soll ein jeder ein Maß Erbsen mitbringen, die streuen wir um das Rathaus, daß es darauf bequem fortrollen kann.«

Nach dieser Ansprache wischte sich der Herr Bürgermeister den Schweiß von seiner weisen Stirn, denn er hatte sich in seiner langen Rede sehr angestrengt. Alle Ratsherren lobten seine Weisheit und nickten mit ihren erleuchteten Köpfen Beifall.

Am anderen Morgen, als die Glocke das Zeichen gab, kamen die Schildbürger herbei. Jeder trug auf den Schultern ein Maß Erbsen, die nun um das Rathaus herumgestreut wurden. Dann stellten sich die stärksten unter ihnen samt den Ratsherren auf das Kommando des Bürgermeisters an die Rathausmauer, stemmten sich mit aller Gewalt dagegen und gedachten, das Haus so von der Stelle zu rücken. Weil sie aber mit den Füßen auf den ringsumher ausgestreuten Erbsen standen, hatten sie keinen festen Fuß, sondern rutschten auf den Erbsen zurück. Sie waren aber der Meinung, das Rathaus fange an, von der Stelle zu rücken. Darüber waren sie hoch erfreut und stemmten sich mit Händen und Köpfen noch kräftiger gegen die Mauer.

»Es geht schon, es geht schon«, rief der Herr Bürgermeister, »nur noch einmal auf Kommando kräftig drükken und schieben. Achtung! Hau ruck!«

Oh weh, sie rutschten auf den Erbsen zurück und lagen alle vor dem Rathaus auf der Erde.

Das achteten sie jedoch nicht, denn sie meinten, das Rathaus sei ein paar Schritte von der Stelle gewichen und ihr Unternehmen müsse wohl gelingen. Allein, als sie aufstanden — die meisten mit blutenden Nasen — und die Sache genauer besahen, da zeigte es sich, daß das Rathaus noch weiter fortgerückt werden müsse.

Weil aber zu befürchten stand, daß es bei kräftigem Drücken über das Ziel hinausgeschoben werde, legte der Bürgermeister seine Kappe an den Ort, bis wohin das Haus gerückt werden sollte. Er bat Eulenspiegel, sich zu der Kappe zu stellen und zu rufen, sobald es genug sei.

Darauf machten sich die Schildbürger insgesamt zum dritten Male an die Arbeit und stemmten sich gegen die Mauer, daß ihnen der Schweiß von den Stirnen troff. Eulenspiegel jedoch verbarg schnell des Bürgermeisters Kappe unter seinem Wams, und als nun die Schildbürger wieder ins Wanken und Rutschen gerieten, rief er laut: »Haltet inne, haltet inne! Ihr habt das Haus schon über die Kappe hinweggeschoben!«

Da freuten sich die wackeren Bürger über das Gelingen ihrer mühseligen Arbeit und gingen zufrieden ins Wirtshaus, um sich nach der großen Anstrengung durch Speise und Trank weidlich zu stärken. Allein bei der nächsten Ratsversammlung zeigte es sich leider, daß doch alle Mühe umsonst gewesen war, denn es war im Rathause so dunkel wie zuvor.

Um diese Zeit fing auch Hans Jakobs Esel an, seinen Schatten über ganz Schilda zu werfen. Das Gerücht, daß sich zwischen dem Zahnarzt und dem Eseltreiber ein Rechtsstreit über den Schatten eines Esels erhoben habe, ging bald von Mund zu Mund. Je mehr davon erzählt ward, desto mehr wuchs das Interesse an diesem seltsamen Rechtshandel. Er kam den Schildbürgern sehr willkommen, weil er bewies, daß ihrer keiner sich von dem anderen an Narrheit übertreffen lassen wollte.

Nun war die Bürgerschaft von Schilda in Zünfte einge-
teilt, und nach altem Herkommen gehörten die Ärzte und
Wundärzte sowie der Zahnarzt in die — Schusterzunft.
Der Grund für diese nur scheinbar wunderliche Einrich-
tung war zwingend genug: In alter Zeit gehörten dieser
Zunft nämlich nur die Schuster und Schuhflicker an, später wurden dann alle Arten von Flickern mit dazugenom-
men, mit der einzigen Ausnahme der Rechtsanwälte, die
— weil sie den Leuten am Zeuge flicken — selbstver-
ständlich zur Schneiderzunft zählten. Die Ärzte, Wundärzte und Zahnärzte aber gehörten als Menschenflicker
in die Schusterzunft.

Meister Brech hatte natürlich diese ganze löbliche
Zunft, die einen sehr ansehnlichen Teil der Stadt aus-
machte, auf seiner Seite. Sie unterstützten ihn um so
mehr, als er sich sogleich nach Entstehung des Streites
hilfesuchend an seinen Vorgesetzten, den Zunftmeister
Pfriem, gewandt hatte. Dieser, ein leicht in Hitze geraten-
der Mann, erklärte, daß er sich eher mit seiner eigenen
Schusterahle erstechen, als zugeben werde, daß die Rechte
und Freiheiten eines seiner Schutzverwandten so gröb-
lich verletzt würden.

»Gerechtigkeit ist das höchste Recht, das man verlangen kann«, sagte er, »und was kann gerechter sein, als
daß derjenige, der einen Baum gepflanzt hat, obwohl es
ihm dabei nur um die Früchte zu tun war, nebenher auch
den Schatten des Baumes genieße? Und weshalb soll das,
was vom Baume gilt, nicht ebenso von einem Esel gelten?
Wohin soll es mit unserer Freiheit kommen, wenn es
einem Schildbürger nicht erlaubt sein soll, sich in den
Schatten eines Esels zu setzen? Als ob ein Eselsschatten
vornehmer wäre als der Schatten unseres Rathauses, in
den sich stellen, setzen und legen darf, wer da will. Schat-

ten ist Schatten, er komme von einem Baum, von einem Esel oder von Seiner Hochweisheit, dem Herrn Bürgermeister selbst! Kurz und gut, Meister Brech, Euch soll Euer Recht werden, so wahr ich der Zunftmeister Pfriem bin. Verlaßt Euch auf mich!«

Während sich der Zahnarzt der Gunst eines so wichtigen Mannes versichert hatte, ließ es auch Hans Jakob nicht fehlen, sich um einen Beschützer zu bewerben, der jenem das Gleichgewicht halten könnte. Die Eseltreiber Schildas, und mit ihnen Hans Jakob, gehörten nämlich in die Müllerzunft. Das war nicht etwa so, weil die Esel Kornsäcke zur Mühle tragen und daher Gesellen der Müller sind, sondern aus einem weit tieferen Grunde.

Da der Wind die Windmühlen, das Wasser die Wassermühlen, und Pferde die Roßmühlen treiben, so zählte man in Schilda zur Zunft der Müller überhaupt alle Treiber, also auch alle Hirten und Viehtreiber, aber auch die Kaufleute, die ja doch Handel treiben. Seitdem sich nun die Schildbürger ihrer Weisheit begeben hatten, nahm die Müllerzunft einen ganz ungeahnten Aufschwung. Jetzt rechneten sich diesem Amte wegen der Narrenpossen, die sie zu treiben gelobt hatten, freiwillig mehr oder minder alle zu. Die Müllerzunft war daher, wenn auch nicht gerade die angesehenste, so doch ohne Frage die zahlreichste in Schilda. Ihr Amtsmeister Veit galt unter den Zunftmeistern der Stadt als der erste.

An diesen, als an seinen natürlichen Beschützer, hatte sich Hans Jakob gewandt. Er hatte ihm den ganzen Verlauf des Streites geschildert und ihn um seine Hilfe gebeten, da er als ein armer Mann seine Sache nicht durch einen Rechtsbeistand führen lassen könne, wohingegen dem wohlhabenden Zahnarzt der Rechtsanwalt Kneifer zur Seite stehe.

»Jo, jo, mein lieber Hans Jakob«, hatte ihm der Zunftmeister Veit in seiner wohlwollenden Weise geantwortet, »kannst auf mich rechnen, wenn es gilt, deine Sache mit der Tat zu verteidigen, weißt du, aber das Reden ist nicht mein Fall, weißt du. Hast ja den Meister Eulenspiegel im Haus, weißt du, den laß das Reden übernehmen.«

Auf solche Art war Meister Till über Nacht zum gerichtlichen Sachwalter geworden, denn daß er seinem Hauswirt seinen Beistand nicht versagen konnte, verstand sich von selbst. Auf solche Art wurde Meister Till aber allmählich zum Führer einer großen Partei in Schilda und zum Freunde des mächtigen Amtsmeisters Veit, dessen Pflichten er übernahm. Er wurde aber auch zum Gegner des einflußreichen Zunftmeisters Pfriem, der, um den gefährlichen Widersacher unschädlich zu machen, bald bei diesem und bald bei jenem wohlweisen Ratsherrn, ja gelegentlich sogar beim hochweisen Herrn Bürgermeister in Erinnerung brachte, wie Meister Till sie doch alle so garstig hinters Licht geführt und den Säckel der Stadt ganz unnötig erleichtert habe.

Als nun neuerdings Eulenspiegels Ratschläge wegen der Verschiebung des Rathauses auch wieder zu keinem anderen Ergebnis führten, als daß bei ihrer Ausführung des Herrn Bürgermeisters Kappe verschwand, da sagte der Zunftmeister Pfriem jedem, der es hören wollte: Eulenspiegel führe einen hochweisen Rat ganz unziemlich an der Nase herum und habe längst schon verdient, aus der Stadt gewiesen zu werden. Schließlich brachte der ränkevolle Zunftmeister es auch wirklich dahin, daß der gestrenge Herr Bürgermeister Eulenspiegel vor den Rat fordern ließ, damit er sich verantworte.

»Ihr seid beschuldigt, Meister Till«, redete der Bürgermeister den Angeklagten mit ernster Miene an, »dem Rat

und der Bürgerschaft dieser Stadt gegen besseres Wissen mit schlechten Ratschlägen gedient und Euch dafür überdies eine ansehnliche Belohnung ausbedungen zu haben. Desgleichen seid Ihr beschuldigt, als ein arger Schalk den Rat und die Bürgerschaft dieser Stadt an der Nase herumgeführt zu haben. Laßt hören, Meister Till, was Ihr auf diese Beschuldigungen zu erwidern habt!«

»Nichts, gestrenger Herr Bürgermeister«, erwiderte Eulenspiegel frank und frei, so daß die weisen Herren ihn ganz betroffen anblickten.

Der Bürgermeister, der ihm im Grunde wohlgesinnt war, brachte nur stammelnd die Worte hervor:

»Aber zu Eurer Entschuldigung, Meister Till, was könnt Ihr zu Eurer Entschuldigung sagen?«

»Hochweiser Herr Bürgermeister, wohlweise Ratsherren der Stadt Schilda«, hob Eulenspiegel daraufhin an, »es ist euch allen, erleuchtete Herren, und es ist jedermann gar wohl bekannt, daß ihr, um dieser Stadt Bestes zu fördern, einmütig beschlossen habt, eurer vormaligen Weisheit zu entsagen und hinfort ein jeder nach seinen Kräften ein Narr zu werden.

Wohlan, ich bin ein Lehrmeister der Narretei und möchte den sehen, der zu behaupten wagt, ich hätte dieses freiwillig übernommene Amt schlecht verwaltet. Hat etwa, seitdem ich unter euch weile, jemals ein Fürst Boten gesandt, eures Rates zu begehren, oder einen von euch abzurufen, daß er ihm mit klugem Rat an die Hand gehe?

Was ihr damals klüglich beschlossen habt, um eure Stadt vor dem Verderben zu bewahren, darin habe ich euch getreulich geholfen und wahrlich statt Tadels vielmehr Lob und Anerkennung verdient. Und darum verlange ich von euch, erleuchtete Herren, damit mich nicht zum anderen Male irgendein Übelgesinnter leichtfertig verklage, daß ihr mich unverzüglich zum Lehrmeister der Narretei in Schilda ernennt, damit ich mein Amt in Zukunft ungestraft und ungefährdet ausüben kann. Zum Zeichen aber, daß auch ich um das Beste eurer Stadt redlich besorgt bin, will ich euch in eurer Not um die Erleuchtung eures Rathauses nochmals zu Diensten sein. Merket auf!«

Mit diesen Worten zog Meister Till unter seinem Wams einen Maurerhammer hervor, trat an die Wand der Ratsstube und tat ein paar kräftige Schläge dagegen. Einige Steine zerbröckelten und fielen heraus. Klares, goldenes Sonnenlicht flutete in den Saal. »Da habt ihr den Tag, ihr Herren«, rief Eulenspiegel.

Der Herr Bürgermeister und die sechs Ratsherren saßen wie geblendet auf ihren Sesseln und starrten stumm in die helle Öffnung, durch die das helle Sonnenlicht in den Saal fiel. Dann blickte einer den anderen an. Man sah an ihren Gesichtern, daß sie sich vor einander und mehr noch vor Eulenspiegel wegen ihres großen Unverstandes und ihrer gar zu großen Torheit schämten. Endlich raffte sich einer der Wohlweisen auf, griff nach Meister Tills Hammer und schlug nun auch seinerseits ein Loch in die Wand. Die übrigen machten es ihm nach, denn jeder von ihnen wollte sein eigenes Fenster haben.

Der Herr Bürgermeister, der ein kurzer und dicker Herr war, brachte seines nicht sehr hoch über dem Fußboden an, der Ratsherr Groth das seine fast unter der Decke, die übrigen fünf Fensterlein aber lagen so ziemlich in gleicher Höhe, nur daß sie an Größe und Gestalt verschieden waren. Ihnen allen gegenüber, an der Südwand der Ratsstube, lag Eulenspiegels Fenster.

Das war die erfolgreichste Ratssitzung, die jemals in

Schilda abgehalten wurde, obwohl der Grund, weswegen die Sitzung einberufen worden war, nicht weiter besprochen worden ist und auch nie wieder berührt wurde.

Nach kaum einer Stunde wußte ganz Schilda, daß Meister Till dem Rathaus sein großes Laster abgewöhnt und es sehend gemacht habe. Als sich dann am nächsten Tag alle Bürger im großen Saal des Rathauses versammelten, fingen sie, ohne die Umfrage abzuwarten, gemeinschaftlich an, allerorten die Mauern zu durchbrechen, denn die schlichten Bürger wollten hinter dem Rat nicht zurückstehen. Jeder begehrte ein Fenster für sich, bald groß, bald klein, bald hoch, bald tief, je nachdem einer dick oder dünn, lang oder kurz war. So gab es denn Fenster genug im Rathaus. Es war so licht darin wie in den Köpfen der Schildbürger, die nun drei Tage lang ein großes Freudenfest mit Schmausen, Tanzen und Jubilieren feierten. Till Eulenspiegel war der Held des Tages, und jedermann gönnte ihm, daß ein hochweiser Rat ihn wegen seiner Verdienste um die Stadt zum Meister der Narretei ernannte.

Inzwischen war der Winter vollends hereingebrochen und es war kalt geworden. Nun sollte an einem Ratstag Gericht gehalten werden, und der Kuhhirt hatte mit seinem Horn die Ratsherren zusammengerufen. Da brachte denn jeder, damit der Stadtsäckel nicht zu sehr in Anspruch genommen würde, sein eigenes Scheit Holz mit, um die Ratsstube zu wärmen. Aber als sich die hochweisen Herren nach der Heizung umsahen, siehe, da fand es sich, daß kein Ofen in der Ratsstube stand. Ja, es war nicht einmal Raum gelassen, wo man einen hätte hinstellen können. Darüber erschraken sie heftig und schalten sich über ihre Torheit.

Als sie nun anfingen, die Sache zu überlegen, fielen

gar mancherlei Meinungen. Einige waren der Ansicht, man solle den Ofen vor der Stube hinter die Tür setzen, wo er am wenigsten stören würde. Da es aber herkömmlich war, daß der Herr Bürgermeister während des Winters seinen Sitz hinter dem Ofen hatte, so schien es unehrerbietig, wenn der gestrenge Herr draußen hinter der Tür säße. Zuletzt riet einer der Ratsherren, man solle den Ofen vor das Fenster hinaussetzen und ihn nur zur Stube hereinschauen lassen. Dem Bürgermeister aber wird wie bisher der nächste Platz beim Ofen eingeräumt, damit ihm seine Weisheit nicht einfriere. Dieser Rat wurde von allen einhellig angenommen.

Doch sagte ein alter Ratsherr, der schon länger ein Narr war als die anderen: »Aber, liebe Freunde, die Hitze, die in die Stube gehört, wird zum Ofen hinausgehen! Was nützt uns dann der Ofen?«

»Dafür weiß ich ein Mittel«, rief ein dritter: »Ich habe daheim ein altes Hasengarn, womit meiner Großmutter Großvaters Bruders Sohn früher Hasen gefangen hat: das will ich der Gemeinde schenken. Wir hängen es dann vor die Ofentüre, damit es die Hitze im Ofen zurückhalte! Dann haben wir nichts Arges zu befürchten, nicht wahr, lieber Nachbar? Dann wollen wir tüchtig auf ihm sieden und braten und die Äpfel in der Röhre umkehren!«

Dieser Schildbürger wurde wegen seines so weisen Rates und wegen seiner Freigebigkeit hoch gepriesen, und ihm wurde für sich und alle seine Nachkommen der allernächste Sitz hinter dem Ofen zunächst bei der Äpfelröhre vergönnt.

WIE DER STREIT
UM DES ESELS SCHATTEN ENDETE

Nach uralter Gewohnheit bewegte sich die Rechts-
pflege in Schilda in Schneckenwindungen und mit der
Geschwindigkeit einer Schnecke fort. Dennoch rückte
der Gerichtstag endlich heran, an dem der Streit um Hans
Jakobs Eselsschatten vor dem hochpreislichen Stadt-
gericht entschieden werden sollte.

Nachdem der Eseltreiber dem Herrn Stadtrichter den
Sachverhalt vorgetragen und seine Klage in schlichten
Worten begründet hatte, erhob sich zu ihrer Abweisung
Meister Kneifer, der Rechtsbeistand des Zahnarztes. In
einer ebenso langen wie geistreichen Rede sagte er, er
wolle beiläufig erwähnen, daß der Mieter des Esels selbst-
verständlich mit Fug und Recht auch auf dessen Schatten Anspruch habe oder erheben könne. Denn wer sich
für bares Geld das Recht erkauft habe, auf dem Esel selbst
zu sitzen, der dürfte sich natürlich auch auf dessen Schatten setzen. Käme es in der Streitfrage auf weiter nichts
an, als nach gesundem Menschenverstand zu urteilen,
dann wäre sie freilich schnell entschieden, und zwar
zweifellos zugunsten des Zahnarztes. Allein in Rechts-
fragen müßte der gesunde Verstand zurücktreten, sobald
die Sache tiefer läge, und das wäre hier der Fall. Der

Schatten sei kein selbständiges Ding, kein Ding an und für sich, und sei ohne den Esel nicht denkbar. Man könne also weder den Eselsschatten für sich allein, noch den Esel ohne seinen Schatten mieten, und Hans Jakob könne nicht etwa diesem Nachbar seinen Esel und jenem dessen Schatten vermieten. Daraus folge aber, daß der Schatten stets mit dem Esel gehe und daß somit, wer Mieter des Esels sei, auch stillschweigend Mieter seines Schattens sein müsse. Er beantrage daher, schloß Meister Kneifer, daß Hans Jakob als ein arger und böswilliger Händelsüchtiger mit seiner Klage abzuweisen und zu den Kosten zu verurteilen sei.

Jetzt erhob sich Eulenspiegel als Sachwalter des Eseltreibers und entgegnete: »Das sind Spitzfindigkeiten, mit denen man keinen Hund hinter dem Ofen hervorlockt. Hans Jakob hat seinen Esel dem Zahnarzt nicht zum beliebigen Gebrauch vermietet, sondern um Meister Brech mit seinem Mantelsack ins nächste Dorf zu tragen. Bei der Vermietung des Esels hat natürlich niemand an seinen Schatten gedacht. Als der Zahnarzt jedoch mitten in der Heide abstieg, hatte der Esel unter der Hitze jedenfalls noch mehr gelitten als er selbst. Er aber ließ ihn in der Sonne stehen, um sich in dessen Schatten zu setzen. Da war es ganz begreiflich, daß der Herr und Eigentümer des Esels dabei nicht gleichgültig blieb. Ich will nicht leugnen, daß sich Hans Jakob etwas eselhaft benahm, als er von Meister Brech verlangte, er solle ihn für des Esels Schatten bezahlen, weil er ihm den Schatten nicht mitvermietet habe. Allein dafür ist mein Schützling eben nur ein Eseltreiber. Das ist ein Mann, der unter lauter Eseln aufgewachsen ist und mehr mit Eseln als mit ehrlichen Leuten umgeht. In der Sache selbst aber hat der Eseltreiber unzweifelhaft recht. Es ist ihm nicht zuzu-

62

muten, seinen Esel unentgeltlich länger in der Sonne stehen zu lassen, als zur Reise unbedingt nötig war. Hätte Meister Brech wie ein verständiger Mann gehandelt, so würde er gesagt haben:

,Guter Freund, wir wollen uns nicht um den Schatten deines Esels entzweien. Weil ich dir den Esel nicht abgemietet habe, um mich in seinen Schatten zu setzen, sondern um darauf zu reiten, so ist es billig, daß ich dir den Zeitverlust, der durch mein Absteigen verursacht wird, vergüte, zumal du und dein Esel um so länger in der Hitze stehen mußten, was auch nicht angenehm war. Hier hast du zehn Heller, nun laß mich einen Augenblick verschnaufen, und dann wollen wir uns wieder auf den Weg machen.'

Hätte der Zahnarzt in diesem Tone gesprochen, so hätte er wie ein ehrliebender und billig denkender Mann gesprochen, und Hans Jakob hätte ihm für die zehn Heller noch ein ,Vergelt's Gott!' gesagt. So aber hat Meister Brech nicht gesprochen und ist deshalb schuld an dem Zwist. Es ist daher billig, daß er angehalten werde, dem Eseltreiber die strittigen zehn Heller zu zahlen und überdies die Kosten des Streites zu tragen.«

Nachdem er diese beiden Reden angehört und eine Weile nachgedacht hatte, entschied der Stadtrichter:

Meister Brech habe freilich nicht gehandelt wie ein verständiger Mann, sondern wie ein Schildbürger, der er ja auch sei. Andererseits stehe Hans Jakob aber kein Recht zu, die strittigen zehn Heller wegen Benutzung des Eselschattens zu fordern, da ganz unzweifelhaft der Schatten mit dem Esel gehe, und zwar nicht nur natürlich, sondern auch von Rechts wegen. Demnach sei der Kläger verurteilt, die Kosten des Streites zu tragen und mit seiner Klage abzuweisen.

Als der Eseltreiber diese Erkenntnis vernahm, sprang er auf, hob die Faust und war just im Begriff, dem Richter irgendeine beleidigende Redensart ins Antlitz zu schleudern. Da legte sich ihm Eulenspiegels Hand fest auf den Mund.

»Wollet die Frage gestatten, Herr Stadtrichter«, sprach Meister Till ruhig, »auf welches Gesetz gründet sich Euer Urteil?«

»Auf keines«, versetzte der Richter zögernd, »es findet sich unter den Gesetzen dieser Stadt keines, worin der vorliegende Fall klar und deutlich enthalten ist. Also muß das Urteil lediglich aus der Natur der Sache gezogen und nach Billigkeit entschieden werden.«

»Das heißt mit anderen Worten nach Eurem eigenen Ermessen«, erwiderte Eulenspiegel.

»So ist es!«

»Wohlan, Herr Stadtrichter«, entgegnete Meister Till, »wenn es sich hier um eine Frage handelt, die noch durch kein Gesetz in Schilda geregelt ist, dann ist Euer Urteil null und nichtig. Man möge in den alten Gesetzen dieser Stadt, in alten Urkunden und Schriften forschen, ob sich nicht vor Zeiten ein gleicher oder ähnlicher Fall ereignet hat, und wie damals die Sache entschieden worden ist. Findet sich aber eine solche Entscheidung nicht, dann rufe ich im Namen meines Schützlings das Urteil eines hohen Rates dieser Stadt an, dessen Weisheit in dieser Sache Recht sprechen möge.«

Eulenspiegels Worte waren zu überzeugend, als daß sich dagegen etwas hätte einwenden lassen. Man mußte seinem Begehren willfahren und die Entscheidung des Streites hinausschieben. Durch diesen Ausgang wurde das Interesse, das die Schildbürger ohnehin an diesem Rechtshandel nahmen, noch erhöht. Die Spannung zwi-

schen den beiden Parteien der »Flicker« und der »Treiber« sowie zwischen dem Anhang einer jeden wurde
noch größer als zuvor. Ja, es kam bald dahin, daß sich
ganz Schilda in diese beiden Parteien teilte, und daß sich
kaum ein Bürger fand, der sich nicht entweder zur einen
oder zur anderen Partei bekannt hätte. Daher traten denn
auch allmählich die Beziehungen der »Flicker« und »Treiber«, die sich ursprünglich doch nur auf die Zunftzuge-
hörigkeit bezogen, in den Hintergrund. Während für jene,
die die Gefolgschaft des Zunftmeisters Pfriem bildeten,
die Bezeichnung »Schatten« aufkam, wurden diese, die
dem Amtsmeister Veit anhingen, schlechthin »die Esel«
genannt.

»Bist du ein Schatten oder ein Esel?« Das war immer
die erste Frage, die ein Schildbürger an den anderen
richtete, wenn sie einander auf der Straße begegneten
oder sich im Wirtshaus trafen. Und wenn ein Schatten
das Unglück hatte, unter einer Anzahl Esel der einzige
seinesgleichen zu sein, so blieb ihm nichts anderes übrig,
als entweder auf der Stelle ein Esel zu werden oder sich
mit einer tüchtigen Tracht Prügel zur Türe hinauswerfen
zu lassen, falls er sich nicht durch die Flucht retten
konnte.

Wie große Unordnung hieraus entstehen mußte, kann
man sich vorstellen, wenn man erfährt, daß die Esel lieber barfuß gingen, als daß sie einem Schatten — und die
Schuster waren ohne Ausnahme Schatten — ein Paar
Schuhe oder Stiefel abkauften. Schließlich gab es in ganz
Schilda überhaupt nur einen einzigen Mann, der nicht
völlig unter dem Bann dieser Streitfrage stand. Das war
der gestrenge Herr Bürgermeister, dem nachgerühmt
werden muß, daß er mit Würde über den Parteien stand
und bald Esel, bald Schatten war.

Inzwischen hatte ein Ratsherr, der ein Esel war, ein altes Schriftstück aufgestöbert, das von einem ähnlichen Rechtsstreit handelte. Vor etwa hundert Jahren besaß ein Schildaer Ratsherr namens Sorgenfrei in einiger Entfernung von der Stadt ein kleines Landgut. Das war ihm ganz besonders lieb, weil es auf der südwestlichen Seite eine herrliche Aussicht über ein schönes Tal hatte, das zwischen zwei bewaldeten Bergen hinlief. Der Ratsherr Sorgenfrei pflegte oft zu sagen, daß ihm diese Aussicht nicht um zehntausend Taler feil wäre. Unglücklicherweise hatte auf eben dieser Südwestseite der Ratsherr einen begüterten Bauern zum Nachbar, der dorthin eine Scheune zu bauen beabsichtigte, die jene Aussicht fast vollständig verdeckt und dadurch den Wert des Landgütchens herabgemindert haben würde.

In Güte war bei dem Bauern nichts zu erreichen, es kam also zum Prozeß.

Nun konnte zwar der Ratsherr weder nachweisen, daß die streitige Aussicht notwendig zu seinem Landgute gehöre, noch daß ihm durch den Bau jener Scheune Luft und Licht entzogen werde, noch endlich, daß sein Großvater, der das Gut käuflich an die Familie gebracht hatte, um der Aussicht willen einen Heller mehr bezahlt habe, als das Gut ohnehin wert gewesen. Allein die Gelehrten, die sich vor hundert Jahren mit diesem Rechtshandel befaßt hatten, machten damals geltend, die Entscheidungsgründe lägen viel tiefer. Die reine, durchsichtige Luft sei eine Eigenart der Gegend und vom Wetter abhängig. Die Luft und das Wetter seien Naturerscheinungen, an denen jeder gleichen Anteil habe. Die reine Luft ermögliche eine klare Sicht. Die klare Sicht und der Ausschnitt der Natur, die sich dem Beschauer von dem Landgut aus bieten würden, seien eine Eigenart des Landgutes. Die Vorfahren des Ratsherrn Sorgenfrei und er selbst hätten diese Eigenart unangefochten seit Jahren genossen. Dadurch sei sie ein wertvoller Teil des Landgutes geworden, das ihm nicht entzogen werden könne, ohne die Grundgesetze der bürgerlichen Ordnung und Sicherheit umzustoßen.

Es wurde jahrelang mit großer Feinheit und vielem Witze gestritten. Der Bauer starb, ohne den Ausgang des Prozesses erlebt zu haben und seine Erben sahen zuletzt ein, daß es für schlichte Bauersleute schwer sei, gegen einen Schildaer Ratsherrn zu gewinnen. Sie ließen sich zu einem Vergleich bereden, vermöge dessen sie die Kosten des Rechtsstreites bezahlten und auf den Bau der streitigen Scheune verzichteten. Sie konnten dies um so leichter, als sie kein Geld mehr dazu hatten. Der Streit hatte überdies von ihrem Erbgut so viel verschlungen, daß sie keine Scheune mehr brauchten, um ihre geringen Erträge der Felder aufzubewahren, die der Rest ihnen brachte.

Es war klar, daß dieser alte Rechtshandel mit dem Streit um des Esels Schatten große Ähnlichkeit hatte. Allein — und darauf kam es gerade an — es war in ihm kein Urteil gefällt worden, sondern er endigte mit einem gütlichen Vergleich. Jedenfalls aber bewies dieser Prozeß, daß sich schon vor hundert Jahren die Rechtsgelehrten auf kein die Sache betreffendes Gesetz berufen und stützen konnten. Insofern war der damalige Vergleich für die Eselspartei günstig und mußte den hochweisen Rat veranlassen, Eulenspiegels Vorschlag anzunehmen und selbst ein Urteil zu fällen. Im übrigen aber gab das alte Schriftstück der Schattenpartei neue Gesichtspunkte an, um ihr angebliches Recht damit zu verfechten.

Manch lieber Morgen wurde in der Ratsstube mit Zank

und Streit, mit Reden und Schreien für und wider den Eselsschatten zugebracht. Die guten Ratsherren gingen um die Essenszeit gar oftmals unverrichteter Sache auseinander. Schlimmer noch stand es aber in der Bürgerschaft, wo der Zwiespalt von Tag zu Tag ein drohenderes Ausmaß annahm. Da entschloß sich der Herr Bürgermeister endlich, der Sache kurzerhand ein Ende zu machen, weil sonst wohl gar die gute Stadt Schilda darüber zugrunde gehen möchte. Er setzte einen Gerichtstag an und ließ verkünden, daß ein hochweiser Rat, nach Anhörung beider Widersacher, über des Esels Schatten das letzte Urteil fällen wolle.

Und endlich rückte auch dieser wichtige Tag heran. Des Zahnarztes Beistand, der Rechtsanwalt Kneifer, sprach zuerst. Er wiederholte weitläufig alles, was er bereits vor dem Stadtrichter gesagt hatte, und fügte, weil er aus dem Rechtshandel des Ratsherrn Sorgenfrei etwas gelernt hatte, hinzu: »Der Schatten des Esels gehört — ebenso wie die freie Luft, wie Wind und Wetter, Tag und Nacht, Mondschein und Dämmerung — unter die Dinge, auf die jedermann ein gleiches Recht hat. Folglich kann der Eseltreiber Hans Jakob ihn überhaupt nicht vermieten. Demnach«, so schloß Meister Kneifer, »liegt die Sache so: entweder ist der Schatten des Esels ein Zubehör des Esels, oder er ist es nicht. Ist er es nicht, so hat der Zahnarzt daran das gleiche Recht wie Hans Jakob. Ist der Schatten aber ein Zubehör des Esels, so hat Hans Jakob, indem er den Esel vermietete, auch den Schatten vermietet. Seine Forderung ist ebenso ungerecht, wie die Forderung des Mannes wäre, der mir eine Trommel verkauft hat, und dann verlangt, ich solle ihm auch noch für ihren Klang bezahlen, sobald ich sie rühre.«

»Hochweiser Rat, edle Herren«, erwiderte darauf

Eulenspiegel, »lasset euch nicht blenden durch die Gelehrsamkeit meines Widersachers, der — geleitet von dem Wunsche, witzig zu scheinen — nicht merkt, daß er mit seinen eigenen Worten sich selber schlägt. Gehört Hans Jakobs Eselsschatten, wie mein Gegner behauptet, zu den Dingen, woran jedermann, wie an der Luft und am Lichte ein gleiches Recht hat, wohlan: dann hat Hans Jakob an seinem Eselsschatten das gleiche Recht wie Meister Brech. Das heißt doch wohl, weil andere Bürger in der Heide und im glühenden Sonnenbrande nicht zugegen waren, daß jedem der beiden die Hälfte des Schattens gebührte. Nun hat sich aber Meister Brech bekanntlich den ganzen Schatten angemaßt und hat meinen Schützling folglich um dessen Hälfte betrogen, wenn er ihm nicht für diese Hälfte bezahlt. Ihr seht, hochweise Herren, daß mir mein Widersacher schon, obwohl versteckt, entgegenkommt. Denn es handelt sich jetzt nicht mehr, wie seither, um einen Eselsschatten, sondern nur noch um einen halben Eselsschatten, und mich will bedünken, hochweiser Rat dieser Stadt, daß...«

Weiter kam Eulenspiegel in seiner Rede nicht. Unter den Fenstern der Ratsstube hatte sich ein furchtbarer Lärm erhoben, der von Augenblick zu Augenblick zunahm. Der Bürgermeister und die Ratsherren waren mit schreckensbleichen Gesichtern an die Fenster getreten, jeder an seines, und blickten bekümmert auf den Marktplatz hinunter. Dort hatte sich eine große Volksmenge angesammelt, die wild brüllend durcheinander wogte. Plötzlich wurde die Türe der Ratsstube stürmisch aufgerissen und herein stürzte Hans Jakob mit dem Schreckensruf: »Er ist tot! Er ist tot!«

»Wer ist tot?« fragte der Bürgermeister bebend.

»Mein Eselchen ist tot, mein armes Eselchen ist tot«,

jammerte Hans Jakob. »Ich hab ihn festlich schmücken und vor einen hohen Rat führen wollen. Wie ich in seinen Stall komme, da streckt er alle Viere von sich. Die Feldhüter, die ihn in dieser rauhen Winterszeit haben füttern sollen, der eine am Sonntag, der andere am Montag, und so jeden Wochentag ein anderer, haben ihn schmählich verhungern lassen, die Schelme!«

»Gott sei Dank!« rief der Bürgermeister, denn ihm fiel ein Stein vom Herzen. »Hans Jakob, dein Esel hätte gar nichts Gescheiteres tun können, als gerade jetzt der argen Welt Lebewohl sagen. Die Feldhüter, die du schmähest, haben unserer lieben Stadt einen großen Dienst erwiesen, wofür ein hoher Rat es sich angelegen sein lassen wird, sie gebührlich zu belohnen.«

Dann wandte sich der »Vater des Vaterlandes« lachend an die Ratsherren und sagte: »Mit all unserer Weisheit hätten wir der Sache keinen schicklicheren Ausgang geben können, ihr Herren. Wozu wollen wir uns jetzt noch länger die Köpfe zerbrechen? Der Esel ist tot, und um eines toten Esels Schatten wollen wir nicht länger hadern. Es kommt jetzt nur auf einen guten Beschluß eines hohen Rates an, so kann dieser Tag, dem wir mit Bangen entgegensahen, ein Tag der Freude werden. Ich beantrage daraufhin, daß diese ganze Eselei nunmehr für erledigt erklärt, beiden Teilen ihre Kosten aus dem Stadtsäckel vergütet und ihnen ewiges Stillschweigen auferlegt werde. Den Feldhütern, die unserer lieben Stadt so wohl gedient haben, spricht ein hoher Rat einstweilen Lob und Anerkennung zu. Du, Hans Jakob, bekommst auf gemeine Kosten einen jungen, hellfarbigen Esel, kräftig und völlig gesund, einen so tüchtigen Paßgänger, wie dein Eselchen einer war.«

Diesem weisen Entscheide stimmten alle Ratsherren

bei und beschlossen einmütig, das freudige Ereignis durch ein großes Fest zu feiern, was denn auch treu und redlich befolgt wurde.

WAS DIE SCHILDBÜRGER AUF GRUND DES KAISERLICHEN FREIBRIEFES TATEN

Der Kaiser hatte den Schildbürgern in Gnaden gestattet, ungekränkt bei ihrer Narrheit zu bleiben. Das taten sie denn auch getreulich, Männlein wie Weiblein, wobei ihnen allen allmählich die Gewohnheit zur zweiten Natur wurde, also daß sie ihre Narrheit nicht mehr aus eitel Weisheit, sondern aus rechter, erblicher, angeborener Torheit trieben. Sie konnten nichts mehr tun, was nicht närrisch gewesen wäre. Alles, was sie dachten, geschweige erst, was sie anfingen, war nur Torheit und Narretei.

So waren unter den Ratsherren der Stadt zwei, die hatten einmal gehört, daß die Leute durch Tauschhandel viel gewonnen hätten. Dies bewog sie, auch gegeneinander ihr Heil zu versuchen. Sie wurden deswegen einig, ihre Häuser miteinander zu tauschen, und dieses geschah beim Wein, als sie des Kaisers Mahl verzehrten, denn solche Sachen pflegen gern zu geschehen, wenn der Wein eingeschlichen und der Witz entwichen ist.

Als nun jeder dem anderen sein Haus einräumen sollte,

ließ der Ratsherr Frey, der oben in der Stadt wohnte, das seine abbrechen und auf etliche Wagen packen und fuhr es stückweise auf den Markt, wo der Ratsherr Groth wohnte. Dieser aber tat dasselbe mit seinem Hause und fuhr es oben in die Stadt hinauf. Auf solche Weise hatten sie redlich miteinander getauscht, und jeder glaubte, nicht wenig dabei gewonnen zu haben.

Ein andermal hatte ein Schildbürger ein tüchtiges Schwein aufgezogen und gemästet, das eines Tages in seines Nachbars Scheune geriet und dort ein gutes Teil Hafer auffraß. Der Schildbürger, den der Schaden traf, nahm das Schwein beim Ohr, führte es als einen auf der Tat ertappten Dieb vor einen hohen Rat und wurde klagbar gegen das Schwein. Der Rat berief die Bürgerschaft, und diese verurteilte es als einen Dieb einstimmig vom Leben zum Tode. Nachdem nun der Stab über das Schwein gebrochen war, wurde es alsbald mit dem Messer vom Leben zum Tode gerichtet. All sein Hab und Gut, Haut und Haar fiel von Rechts wegen den Richtern zu, und weil es mit Fressen das Leben verwirkt hatte, war recht und billig, daß es mit gleicher Strafe gestraft und gleichfalls verzehrt wurde. Das geschah denn auch, damit aber nichts umkomme, beschlossen die Schildbürger, auch Würste zu machen.

Sie nahmen daher das Gedärm des Schweins, wuschen es aus und füllten es mit Speck, Blut, Leber, Lungen, Hirn und anderem, was man zu einer Wurst zu nehmen pflegt. Sie machten eine einzige Wurst, die war so lang wie der ganze Darm.

Als nun der Tag kam, daß auch diese Wurst verzehrt werden sollte, konnten die Schildbürger keinen Hafen und Topf finden, der lang genug gewesen wäre, um die Wurst der Länge nach darin zu kochen, denn sie glaub-

ten, der Hafen müsse so lang sein wie die Wurst. Da war wieder einmal guter Rat teuer! Kein Töpfer wollte ihnen einen so langen Hafen herstellen.

In solchem Verdruß ging einer der Schildbürger durch die Stadt an einem Gänsestall vorbei und hörte die Gänse darin schreien: Gigag, gigag! Er verstand aber: Zwiefach, zwiefach!

»Halt«, dachte er, »jetzt hab ich es!« und lief vergnügt auf die Ratsstube, wo ein hoher Rat noch wegen der Wurst verhandelte. »Es ist für uns alle eine Schande«, sprach er, »erst von den Gänsen zu lernen, daß man die Wurst auch zwiefach in den Topf tun kann.«

Als ein hoher Rat das hörte, zog er es wohl in Erwägung und beschloß alsdann: Kann man die Wurst zwiefach legen, so läßt sie sich auch dreifach, deswegen auch vier- und mehrfach legen.

Also legten sie die Wurst so oft zusammen, bis sie in einen gewöhnlichen Kessel ging, denn von selbst sprang sie leider nicht hinein. Sie wurde darauf gekocht und ausgeteilt, und auf jeden Schildbürger kam ein Stück, das ihm dreimal um den Kopf ging; denn jeder mußte einen Zipfel der Wurst in den Mund nehmen und mit den Zähnen festhalten, dann wurde die Wurst ihm um den Kopf gewunden, und wenn es zum dritten Male an seinen Mund kam, wurde abgeschnitten und er nahm den zweiten Zipfel seiner Wurst auch zwischen die Zähne. So hatte er den ihm zukommenden Teil der Wurst.

Die Schildbürgerinnen trieben es nicht besser als ihre Männer: sie gebärdeten sich so närrisch, als ob sie es von jeher gewesen wären.

Eine junge Witwe aus dem nächsten, zu Schilda gehörigen Dorfe, hatte nur eine einzige Henne, die ihr jeden Tag ein Ei legte. Als die Frau so viele Eier gesammelt hatte, daß sie hoffen durfte, dafür dreißig Heller zu lösen, nahm sie ihr Körbchen und ging damit auf den Markt. Unterwegs bedachte sie, wie sie den Erlös für ihre Eier, die sie auf dem Kopfe trug, verwenden wollte, und machte sich folgende Rechnung:

»Schau«, sprach sie zu sich selbst, »du lösest auf dem Markt dreißig Heller. Was willst du damit anfangen? Du kaufst dir zwei Bruthennen, dann hast du deren drei. Die legen dir täglich drei Eier, das macht in zwanzig Tagen sechzig Eier. Wenn du die verkaufst, kannst du dir noch drei Hennen kaufen, dann hast du sechs. Die legen dir in einem Monat hundertachtzig Eier, die verkaufst du und legst das Geld zusammen. Die alten Hennen, die nicht mehr legen, verkaufst du auch. Die jungen fahren fort, Eier zu legen, und brüten dir Küchlein aus, die kannst du zum Teil aufziehen und deine Hühnerzucht dadurch vermehren, zum Teil Geld daraus lösen. Aus dem zusammengelegten Gelde kaufst du dir dann etliche Gänse, die bringen dir auch Nutzen mit ihren Eiern, ihren Jungen und ihren Federn. So kommst du bald so weit, daß du eine Ziege kaufen kannst, die gibt dir Milch und junge Zicklein. Auf diese Weise hast du junge und alte Hühner, junge und alte Gänse, Eier, Federn, Milch und Zicklein. Vielleicht läßt sich gar die Ziege auch scheren — du kannst es wenigstens versuchen —, und glückt es, dann hast du auch noch Wolle. Alsdann kaufst du dir ein Schwein, da hast du Nutzen über Nutzen: junge Spanferkel, Speck, Würste und andere schöne Dinge. Daraus lösest du so viel, daß du eine Kuh kaufen kannst, die gibt dir Milch, Butter, Kälblein und Dünger. Was willst du aber mit dem Dünger anfangen? Wahrhaftig, du mußt auch einen Acker kaufen: der gibt dir Korn genug, dann brauchst du keines mehr einzukaufen. Danach schaffst du dir Rosse an und stellst Knechte ein, die dir das Vieh versehen und den Acker bauen. Alsdann vergrößerst du dein Haus, damit du Hausgesinde beherbergen kannst und dein Geld angelegt ist. Danach kaufst du noch mehr Güter, denn es kann dir nicht fehlen: Du hast ja den Nutzen von Hühnern, Gänsen, Eiern, von Ziegenmilch und Zicklein, von der Wolle, von Spanferkeln, Kühen. Du hast ferner den Nutzen von Kälbern, von Äckern und Wiesen, vom Hauszins und anderem. Dann willst du dir einen Mann nehmen, mit dem kannst du glücklich leben und eine reiche, stolze Frau sein! O wie wohl willst du es dir sein lassen! Juchhe, juchheise, hopsasa!«

So jubelte die junge Witwe, warf dazu einen Arm in die Höhe und tat einen Freudensprung. Pardauz! da lag ihr Eierkorb an der Erde, alle Eier waren zerbrochen und mit ihnen alle Wünsche.

Fast schlimmer noch erging es einer anderen Schildbürgerin, die auf dem Markt stand und Eier feil hatte. Eines Morgens trat Eulenspiegel zu ihr, erkundigte sich nach dem Preis der Eier und fragte, ob sie auch frisch seien. Sie nannte ihm den Preis und reichte ihm einige Eier, die er sorgfältig besah, dann hielt er sie gegen das Sonnenlicht und schüttelte den Kopf.

Plötzlich zerbrach er ein Ei. Die Marktfrau dachte: er mag es bezahlen! Aber wer beschreibt ihr Erstaunen, als sie sieht, wie Meister Till aus dem zerbrochenen Ei einen blanken Golddukaten hervorholt. Er zerschlägt noch ein Ei und zieht abermals ein Goldstück daraus hervor. »Ich kaufe die Eier!« sagt er und läßt schon einige in seine Tasche gleiten. »Ich kaufe den ganzen Vorrat!«

Allein die Marktfrau wollte jetzt nichts mehr von dem Handel wissen. Eulenspiegel mochte ihr bieten, was er wollte: die kostbaren Eier waren ihr um keinen Preis feil. Also mußte Meister Till die beiden zerbrochenen Eier bezahlen und die in die Tasche gesteckten wieder herausgeben, die beiden Golddukaten durfte er freilich behalten. Lächelnd ging Eulenspiegel von dannen, war aber noch nicht weit gekommen, als die Marktfrau schon anfing, ein Ei nach dem anderen zu zerschlagen und — obgleich sie in keinem einen Dukaten fand — nicht eher aufhörte, bis ihr ganzer Vorrat zerbrochen war.

Die Schildbürger hatten beschlossen, sich eine eigene Wassermühle zu bauen. Es floß zwar kein Fluß noch Bach an Schilda vorbei, allein sie meinten, wenn sie nur erst eine ordentliche Mühle hätten, so werde sich das andere schon finden. Darum ließen sie vor allen Dingen auf einem hohen Berg, wo ein guter Steinbruch war, einen großen Mühlstein behauen. Nachdem sie den schweren Stein mit großer Mühe zu Tal gebracht hatten, gedachten sie, wie sie vor Jahren die Baumstämme, die zum Bau des Rathauses gebraucht wurden, mit so geringer Mühe den Berg hinuntergerollt hatten.

»Sind wir doch große Narren«, rief der Bürgermeister, »daß wir uns abermals so viel vergebliche Mühe gemacht haben, um den Mühlstein zu Tal zu fördern, da wir die Arbeit mit geringer Mühe hätten ausrichten können, wie wir von den Bauhölzern hätten sehr gut lernen sollen.« Und nun schleppten sie den Stein unter viel Schweißvergießen wieder auf den Berg, um ihn dann bequem hinabrollen zu lassen.

Als sie den Mühlstein eben hinabrollen lassen wollten, sprach einer unter ihnen: »Wie wollen wir aber wissen, wo er hingelaufen ist? Wer will es uns unten sagen?«

»Ei«, antwortete der Bürgermeister, »dafür ist leicht gesorgt: es muß einer von uns seinen Kopf hier durch das Loch im Mühlstein stecken und mit hinablaufen.«

Der Rat gefiel allen, und sogleich wählte man einen, der den Kopf durch das Loch im Mühlstein stecken und so mit hinunterrollen mußte. Unten am Berg lag ein tiefer Fischweiher; in den rollte der Mühlstein samt seinem Begleiter. Beide sanken auf den Grund des Weihers, so daß die Schildbürger nicht wußten, wohin der Stein und der Mann gekommen sein mochten. Da fiel der Verdacht auf den armen Gesellen, der den Stein hatte begleiten müssen. Sie glaubten, er sei damit davongelaufen und hätte sie also bestohlen. Sie ließen daher in allen umliegenden Städten, Dörfern und Flecken Steckbriefe anschlagen: wenn einer käme, der einen Mühlstein um den Hals trüge, den solle man fangen, weil er sich Gemeindegut angeeignet habe, damit er bestraft werden könne. Der arme Narr aber lag tief im Weiher und hatte zu viel Wasser getrunken, daher konnte er sich nicht verteidigen und rechtfertigen.

Am Ufer jenes Fischweihers stand ein mächtiger Nußbaum, von dem ein großer Ast weit über das Wasser reichte und so tief hinabhing, daß er es fast berührte. Die

Schildbürger sahen das, und weil sie einfältige und mitleidige Leute waren, wie man heutzutage nur wenige mehr findet, hatten sie herzliches Erbarmen mit dem guten Baum. Sie gingen darüber zu Rat, was denn dem armen Baum fehlen könne, weil er sich so schwermütig zum Wasser neige.

Als darüber mancherlei Meinungen laut wurden, sagte zuletzt der Bürgermeister: »Seid ihr nicht närrische Leut! Seht ihr denn nicht, daß der Baum an einem dürren Orte steht und sich zum Wasser beugt, weil er gern trinken möchte. Ich denke, der niedrige Ast ist des Baumes Schnabel, den er nach dem Trunke ausstreckt.«

Die Schildbürger ratschlagten eine Weile, was zu tun sei, und weil sie ein Werk der Barmherzigkeit zu verrichten glaubten, wenn sie dem Baum zu trinken gäben, legten sie ein großes Seil oben um den Baum, stellten sich jenseits des Wassers und zogen ihn mit Gewalt herunter. Denn sie glaubten, ihn auf diese Weise tränken zu können. Als sie ihn ganz nahe bei dem Wasser hatten, befahlen sie einem ihrer Mitbürger, auf den Baum zu steigen und ihm den Schnabel vollends ins Wasser zu tunken.

Indem nun der Mann hinaufsteigt und den Ast abwärts drückt, reißt den Schildbürgern das Seil und der Baum schnellt wieder empor. Ein harter Ast schlägt dem Mann den Kopf ab, daß er ins Wasser fällt. Der Körper aber purzelt vom Baum herunter und hat keinen Kopf mehr.

Darüber erschraken die Schildbürger und hielten auf der Stelle eine Umfrage, ob der Tote denn auch einen Kopf gehabt habe, als er auf den Baum gestiegen sei. Aber das konnte keiner von ihnen sagen. Endlich meinte der Bürgermeister, er sei ziemlich davon überzeugt, daß jener keinen Kopf gehabt habe. Er habe ihm drei- oder viermal zugerufen, aber nie eine Antwort bekommen, mithin müsse er keine Ohren gehabt haben, folglich auch keinen Kopf. Ganz genau wisse er es aber auch nicht, und deshalb rate er, jemand zur Frau des Toten zu schicken und sie fragen zu lassen, ob ihr Mann auch heute morgen, als er aufgestanden und mit ihnen hinausgegangen sei, den Kopf gehabt habe.

Die Frau erwiderte: »Ich weiß es nicht, aber dessen erinnere ich mich wohl, daß ich ihn am letzten Sonnabend gestriegelt habe. Da hat er den Kopf noch gehabt. Seitdem habe ich nicht so recht darauf achtgegeben. Dort an der Wand«, sagte sie, »hängt sein alter Hut, wenn der Kopf nicht darin steckt, wird mein Mann ihn ja wohl mit sich genommen haben! Oder hat er ihn vielleicht anderswo hingelegt? Ich weiß es nicht.«

Die Schildbürger sahen unter den Hut an der Wand, allein da war nichts. In der ganzen Stadt konnte niemand mit Gewißheit sagen, wie es dem Mann mit seinem Kopf ergangen sei. Einige haben freilich behaupten wollen, er habe überhaupt niemals einen Kopf gehabt; allein das ist kaum zu glauben.

WIE DIE SCHILDBÜRGER
DIE SONNE UND DEN MOND FANGEN WOLLTEN

Reichlich eine Meile westwärts von der Stadt, indes noch auf schildaischem Gebiet, lag der Eichelberg, ein ziemlich bedeutender Hügel, dessen Fuß von schönem Eichenwald bewachsen war. Dieser Wald, in den die Schildbürger im Herbst ihre Schweine zur Mast trieben, bedeckte jedoch nur die untere Hälfte des Hügels, während die obere völlig kahl und öde dalag. Zwar hatten die Schildbürger schon wiederholt versucht, dort Rüben oder Getreide zu pflanzen, der Zunftmeister Pfriem hatte sogar vor Jahren einmal an der Südseite des »Berges«, wo es am sonnigsten ist, einen Weingarten angelegt, allein der sandige, trockene Boden hatte alle Bemühungen vereitelt: der Eichelberg war und blieb Ödland.

Nun sah man eines guten Vormittags den Zunftmeister Pfriem und den Amtsmeister Veit Arm in Arm durch die Straßen der Stadt schreiten, denn die beiden wackeren Herren waren nach Beilegung des Streites um den Eselsschatten längst schon wieder gute Freunde geworden. Als dritter im Bunde hatte sich ihnen Eulenspiegel zugesellt. So zogen die drei Herren, eifrig redend, geradewegs aufs Rathaus und traten in die Ratsstube, wo ein hoher Rat just zu schwerer Kopfarbeit versammelt war.

Als der gestrenge Herr Bürgermeister die Eintretenden begrüßt und nach ihrem Begehr gefragt hatte, räusperte sich der Herr Zunftmeister Pfriem, machte ein sehr wichtiges Gesicht, räusperte sich nochmals und begann, während ihn alle Ratsherren erwartungsvoll anblickten:

»Hochweiser Herr Bürgermeister, wohlweise Ratsherren! Ihr wißt alle, daß der Eichelberg oberhalb des Stadtholzes fast ganz öde und wüst daliegt, es ist ein Jammer! Auf dem halben Berg wächst nicht einmal ein Bäumchen, nicht einmal ein Besenstrauch. Ich bin schon oft bös darüber geworden, wenn ich den Nutzen betrachtet habe, den unsere gute Stadt hätte, wenn man auch den Berg

anbauen könnte, sei es mit Wein oder Hopfen. Man hat freilich nichts gespart bisher, und ihr wißt alle, daß ich es mir auch manchen Taler habe kosten lassen, es wollte aber immer nichts anschlagen. Ich habe nun nachgeforscht, wo der Fehler stecken mag. Endlich bin ich darauf gekommen. Gestern abend ging ich mit Meister Till auf mein Feld hinaus und wollte mir einmal den Sonnenuntergang ansehen. Ich wollte sehen, ob es morgen schön Wetter oder Regen gibt. Da sahen wir, Meister Till und ich, daß die Sonne gemächlich am Himmel hinabsank, gerade mitten über dem Eichelberg. ‚He!' habe ich gesagt, ‚bist du es, der uns den Berg so verbrennt?' Denn es lag alles in roter Glut. Aber die Sonne hat mich reden lassen und ist hinter den Eichelberg verschwunden wie ein Schelm. Wie wir noch so dastanden und ihr nachschauten, da kam der Mond herauf. ‚Ja, was willst jetzt du da?' hab ich gesagt. ‚Du willst gewiß auch über den Eichelberg, und was die Sonne nicht verbrannt hat, das willst du wohl erfrieren lassen'. Und richtig, wie ich es gedacht habe, so ist es auch gekommen, denn der Mann im Mond lief, hast du nicht gesehen, so geschwind über den Eichelberg und duckte sich dahinter. ‚Hast du denn', habe ich gesagt, ‚kein anderes Loch offen gefunden, du Besenbinder, als den Eichelberg? Könntest du nicht ein bißchen einen Umweg machen und über das ebene Land hinwegmarschieren? Muß denn, zum Kuckuck, dein Weg just über den Eichelberg führen?' — Und alles das habe ich mit meinen Augen gesehen, und Meister Till hat es mit den seinigen auch beobachtet, er ist mein Zeuge. Jetzt aber urteilt selbst, ihr Herren, wo der Fehler steckt. Es ist leicht zu erraten, glaube ich, denn wo die größte Hitze und die stärkste Kälte zusammenkommen, da kann ja nichts wachsen. So liegt die Sache, und es sind nicht viele

Reden nötig, um ihr auf den Grund zu kommen, wohl aber, wie dem Ding abzuhelfen sei. Jetzt ratet, ihr Herren!«

Der Ratsherr Frey nahm zuerst das Wort und sagte: »Mir scheint, man sollte zuerst mit gelinden Mitteln versuchen, dem Übel abzuhelfen, denn mit friedfertiger Vorstellung kommt man oft schneller zum Ziel als mit Gewalt. Wir wollen ein Schild auf den Berg stellen und darauf schreiben: Bei zehn Talern Strafe ist es verboten, über den Berg zu reiten, zu fahren noch zu gehen, nicht einmal die Sonne und der Mann im Mond. Wer es aber dennoch tut, wird des Landes verwiesen auf ewige Zeiten.«

Der Amtsmeister Veit meinte: »Wenn es brennt, was tut man? Jo, jo, löschen, wißt ihr! Wasserkübel, Feuerhaken, Feuerleitern, Feuerspritzen her, dann ist die Sonne bald gemeistert, wißt ihr. Und dem Mond? Jo, jo, dem hängt man ein paar Pulversäcke an und sprengt ihn in die Luft. Das ist meine Meinung, wißt ihr.«

Der Ratsherr Groth sagte:

»Mein Gutachten ist dies: Wir wollen den Unholden mit Pulverbüchsen und Böllern auf den Leib rücken und sie über den Haufen schießen.«

Nun kam die Reihe an den Herrn Bürgermeister. »Nach reiflicher Erwägung«, sprach er, »ist dieses mein Rat: von der Sonne sage ich, man soll ein paar Heuwagen voll Schnee auf den Eichelberg fahren und an den Ort legen, wo sie untertaucht. Was gilt es, die Hitze wird ihr bald vergehen! Was aber den Mond anbetrifft, so sage ich, man soll ein rechtes Feuer anfachen, dann verbrennt er mit Haut und Haaren. Was meint Ihr, Meister Till?«

Eulenspiegel, der sich diebisch freute, wie prächtig die Saat aufging, die er gestern abend in des Herrn Zunftmeisters Kopf gestreut hatte, sagte: »Meine Meinung, hochweise Herren, ist diese: Man soll an zwei langen Stangen ein festes Fischnetz spannen und es heimlich auf den Berg legen. Sobald nun die Sonne und der Mond kommen, heben zwei Mann die Stangen auf, dann müssen die Brotdiebe mitten ins Netz und bleiben darin hängen. Dann haben wir alle beide.«

Der Rat wurde von allen gutgeheißen, nur stiegen dem Bürgermeister Zweifel auf, was sie mit der Sonne und mit dem Mond dann anfangen sollen, wenn sie beide erst hätten.

»Dafür ist Rat«, entgegnete Meister Till. »Wir lassen zwei Kasten machen mit Fenstern und Vorhängen. Da hinein sperren wir die Sonne und den Mond. Bei Tag ziehen wir bei der Sonne die Vorhänge auf und bei Nacht bei dem Mond. Damit aber auch die ganze Gemeinde Nutzen davon habe, laßt Ihr, hochweiser Herr Bürgermeister, alle beide Kasten auf den Glockenturm hängen, den einen hinten und den anderen vorne hinaus. Dann sieht es überdies aus, als wäre es zwei goldene Knöpfe.«

Damit waren alle einverstanden, und es wurde beschlossen, noch am gleichen Abend ans Werk zu gehen.

Drei Stunden vor Sonnenuntergang blies der Herr Bürgermeister ins Sauhorn, und was in Schilda Beine hatte, lief auf den Marktplatz, Männlein und Weiblein, groß und klein. Feuerleitern, Feuerspritzen und Wasserkübel wurden herbeigeschafft, ein Netz an zwei langen Bohnenstangen, zwei handfeste hölzerne Kasten, um die Sonne und den Mond hineinzusperren, und zwei Paar Pelzhandschuhe für die, so die beiden greifen und in ihr Gefängnis setzen sollten. Als alles beieinander war, setzten sich die Schildbürger in Bewegung und kamen auch rechtzeitig auf dem Eichelberg an, denn bis zum Sonnenuntergang währte es noch reichlich eine Viertelstunde.

83

Und sie kam, die Sonne.

»Die Stangen hoch!« rief der Bürgermeister. »Sie ist unser!«

»Nix haben wir«, sagte Hans Jakob, der gestolpert und gefallen war, just wie die Sonne so recht ins Garn gehen wollte. »Hinabgewitscht ist sie hinter den Berg.« Also standen sie da und hatten nichts.

Aber Eulenspiegel sagte, es hätte nicht fehlen können, wenn der Berg nicht gerutscht wäre, mitsamt der ganzen Erde. Sie sollten sich nur unverzagt an den Mond machen. Der könne ihnen wohl nicht entkommen, und hätten sie den, dann ließe sich die Sonne morgen nachholen.

Um nun einen gleichen Unfall zu verhindern, holten die Schildbürger Ketten und Seile, Klammhaken und Nägel, Hammer, Bohrer und Wagenwinden herbei und nagelten vor allen Dingen erst einmal den Eichelberg mit Pfählen und Bretternägeln fest. Und weil man gesehen hatte, daß nicht immer die größte Kraft das Werk am besten ausrichtet, sollten diesmal der Bürgermeister und Zunftmeister Pfriem die Stangen halten.

Und der Mond kam. Aber er ging hoch über sie hin, und sie konnten ihn nicht fangen, obgleich der Berg nicht rutschte und die beiden Herren das Netz über Manneslänge emporhoben. Also wurde aus dem Mondfang diesmal auch nichts.

Aber Eulenspiegel tröstete die Schildbürger: Der Berg mitsamt der Erde sei plötzlich eingesunken, sie brauchten nur einen Turm zu bauen, der bis an den Mond reiche, dann könnte der Fang ihnen nicht mißlingen.

Allein wegen der hohen Baukosten ließen die Schildbürger das bleiben. Deshalb geht denn noch heutigentags die Sonne und der Mond über den Eichelberg, und niemand hindert sie daran.